KB078528

내 5급 연예인 1

고고33 현대 판타지 소설

초판 1쇄 찍은 날 § 2021년 10월 13일
초판 1쇄 펴낸 날 § 2021년 10월 20일

지은이 § 고고33
펴낸이 § 서경석

총괄팀장 § 노종아
편집책임 § 김우진
디자인 § 스튜디오 이너스

펴낸곳 § 도서출판 청어람
등록번호 § 제387-1999-000006호
등록일자 § 1999. 5. 31
어람번호 § 제1-3158호

주소 § 경기도 부천시 부일로 483번길 40 서경B/D 3F (우) 14640
전화 § 032-656-4452 팩스 § 032-656-4453
http://www.chungeoram.com
E-mail § chungeorambook@daum.net

ISBN 979-11-04-92387-6 04810
ISBN 979-11-04-92386-9 (세트)

MODERN FANTASTIC STORY

내 S급 연예인

고고33 현대 판타지 소설

①

도서출판 청람

목차

제1장

─

프롤로그

"신연희다! 신연희!"

"좀 비켜봐요!"

"같이 좀 찍읍시다!"

종합병원 장례식장 입구가 기자들로 북새통을 이뤘다.

플래시 세례와 고함이 터져 나왔다.

바삐 차에서 내린 스타들은 장례복마저도 옷맵시를 뽐내며 슬픈 얼굴을 숙인 채 들어갔다.

"사무실에서 쓰러져 있었다네요. 심근경색이랍니다."

"심근경색? 복상사 아니야?"

드라마와 예능을 오가며 활약 중인 스타급 여배우는 기자들을 지나치기 무섭게 비꼬는 말을 쏟아냈다.

"누님, 보는 눈 많아요."

아연실색한 매니저는 고개를 두리번거리며 그녀를 말렸다.

"이것도 간신히 참고 있는 거야. 맘 같아서는 여기 확 뒤집고 싶거든?"

"누님!"

"야, 솔직히 여기서 최고남한테 이 안 가는 사람 있으면 나와 보라고 해. 어?"

투덜거리며 영정 앞에 선 그녀는 고운 얼굴에 인상을 썼다.

나쁜 년. 은혜도 모르는 것 같으니라고.

죽은 자는 그렇게 생각했다. 그래, 내가 그렇게 생각한다.

어찌 된 일인지 나는 내 장례식장을 떠돌고 있다.

흔히 말하는 영혼 상태로.

아까는 혹시나 싶어 연매협 관계자들 앞에서 엉덩이춤도 춰 봤는데 아무도 나를 보지 못했다.

나는 여배우의 옆에 섰다.

그리고 그녀가 이를 악물고 보고 있는 사진을 바라봤다.

'나'라는 드라마의 엔딩은 이런 게 아니었는데.

해피 엔딩까지는 아니더라도 여운 정도는 남는 인생일 줄 알았다. 그러나 여태 지켜본 바, 이건 비극이고 최악의 새드 엔딩이었다.

여기에 서서 나를 보는 스타들은 하나같이 불만투성이였다.

혹 그게 아니더라도 진심으로 울어주는 사람은 없었다.

처음에는 뭐 그럴 수도 있다고 생각했다.

사람이 어떻게 마음이 똑같겠어, 동고동락을 했어도 누구는 고마워하고 누구는 싫어할 수도 있는 거지.

그런데 계속 지켜보니 속에서 열불이 난다.

내가 지들한테 어떻게 해줬는데.

스타 만들어줬잖아? 돈 많이 벌게 해줬잖아?

저기 앉아 육개장이나 처먹고 있는 놈들은 모르겠지만, 내가 이미 여기 한 바퀴 돌면서 상을 뒤집어엎었다. 결국 나만 지쳤지만 말이다.

젠장. 영혼도 체력이란 게 있을 줄은 몰랐다.

아무튼 다시 돌아와서, 내가 뭘 그렇게 잘못한 걸까.

[정말 모르겠나?]

여태 만나왔던 사람들의 목소리와는 다르다. 목소리의 파동이 범상치 않았다.

"너 누구야?"

[저승사자다.]

내가 생각한 저승사자의 모습과는 거리가 있었다.

무슨 놈의 저승사자가 정장을 쫙 빼입었질 않나, 얼굴은 스물도 채 안 돼 보일 만큼 앳되어 보였다.

내 시선이 께름칙했는지 청년이 헛기침을 하며 말했다.

[설마 갓 쓰고 도포 자락 휘날리는 뭐 그런 거 생각한 건가? 트렌드에 빠져 사셨으면서 보기보다는 고지식하네.]

얼굴 창백한 것 하며 목소리 서늘한 거 보니 맞네, 저승사자.

결국 올 게 온 모양이다.

나는 체념하고 바닥에 앉았다.

그리고 벽에 등을 기댄 채 혼잣말하듯 물었다.

"이제 가야 하는 건가?"

[더 있다 가고 싶나? 어차피 망자를 위해서 눈물 흘려줄 사람은 없는 것 같은데. 아니면 누굴 기다리는 건가?]

은근히 빈정대는 말투에 인상이 찌푸려진다.

하지만 저승사자는 내 마음을 정확히 꿰뚫어 보고 있었다.

속마음을 들키는 것은 사양하고 싶어서 화제를 돌렸다.

"근데 아까 그 말은 뭐야. 정말 모르겠냐는 말."

[잠깐. 저도 급하게 연락받고 온 거라서.]

저승사자가 주머니를 뒤적거린다.

"뭐 찾는 거냐?"

[망자한테 해줄 말.]

"참 나, 요즘은 저승사자도 대본 들고 다니네."

저승사자 꼴이 웃겨서 나도 모르게 실소했더니 저승사자는 빈정 상했는지 이맛살을 접고 구시렁거렸다.

[망자의 생이 그 시작부터 명부에 미리 적히듯, 이 순간 망자에게 해야 하는 말도 적혀 있다. 단어 하나 틀리면 죽음이 무효가 될 수도 있고.]

"듣던 중 반가운 소리네."

[정말 반가운 소리일까? 죽음이 무효가 되면 몸뚱어리로 돌아가지도 못하고 떠돌이 귀신 되는 거야. 재수 없으면 지박령이고. 천지개벽하면 강시 되는 거지.]

"너 근데 몇 살이냐? 내가 그래도 액면가는 너보다 훨씬 많아 보이는데."

[저승사자는 생의 기억이 없다. 아, 찾았다.]

영화의 한 장면처럼 독백을 읊던 저승사자는 금세 표정이 바꿰더니 손바닥만 한 책자를 꺼내 들었다.

[자, 여기 있는 사람들이 왜 당신을 싫어하고 미워하는지에 대한 이유를 얘기해 줄게.]

"뻔한 거지. 나한테 서운한 게 있었겠지. 근데, 결과론적으로 보면 다들 나한테 고마워해야 하는 거잖아? 백번 천번 고마워해야지. 내 덕에 스타 되고 내 덕에 건물 올렸으면 말이야."

[누구나 저마다의 변명은 있다. 아무리 미친놈이라고 해도 말이야.]

그게 어떻게 변명일까.

나는 최선을 다했을 뿐이다. 명부에 내 죽음이 적혀 있다면 내가 살아온 과정도 적혀 있을 것 아닌가. 그걸 보라고.

[당신은 저들 중 누구도 친구로 생각한 적이 없어. 왜냐하면 당신은 한 번도 저들을 인간으로 대한 적이 없으니까. 그저 상품일 뿐이었지.]

"그게 뭐? 연예인은 상품이야. 그것도 엄격하게 등급이 나뉘어 있는. 저기에 최고 등급으로 태어난 놈이 있어? 다 B급, A급인데 내가 데려다 키워서 최고 등급 받은 애들이라고!"

[이기적이네, 당신.]

이기적의 반대말은 호구다.

나는 착한 척 위선을 떨며 이용만 당할 바에야 개쌍마이웨이로 사는 걸 택했다.

[저기 있는 남자애 보여?]

저승사자가 삐딱하게 앉아서 손을 쭉 뻗었다.

가리키는 방향을 보니 잿빛 머리의 가수가 보였다.

내 덕분에 오디션프로그램에 나가서 국민 프로듀서의 선택을 받고 데뷔해서 성공했다. 안 그랬으면 데뷔도 못 했을 거다.

[그 오디션프로그램, 조작이었지. 아마?]

"원래 다 그렇게 해. 그리고 내가 했어? 피디가 했지."

[동조했지. 조작 오디션프로그램으로 데뷔하지 않았으면 저 친구는 유명한 배우가 될 운명이었어. B급, A급? 당신 아니었으면 S급 생을 살 운명이었어. '조작 아이돌'이라는 비아냥을 듣는 지금보다는 백배 더 행복했을 테고.]

운명이란 고지서가 날아오는 것도 아니고 내가 그것까지 어떻게 알고 설계를 하나.

정말 그런 날이 온다 해도 그건 한참 뒤의 일일 것이다.

딕션도 엉망인 놈이 무슨 배우를 하겠어.

[저 작가는 어떤 것 같아?]

안경 쓴 여자가 보인다. 스타 작가인 그녀는 떠들썩한 자리에서 핸드폰만 만지작거리고 있었다. 분명 또 원고를 고치고 있을 테지.

[저 작가는 악덕 매니저의 비판으로 트라우마에 결벽증까지 걸렸지. 아니면 이번에도 그때의 비판 때문에 스타 작가가 된 거라고 항변할 건가?]

이번에는 나도 침묵했다. 그녀에게 과했다는 사실은 인정한다.

오래전 내 직언이 없었어도 그녀는 넘치는 재능으로 언젠가는 성공했겠지.

그런데 나와 만난 이후로 결벽증에 가까울 정도로 완벽을 추구하게 됐다.

고치고 또 고친다.

주변 사람들이 말려도 집착에 가까울 정도로 원고를 뜯어고
쳐서 결국에는 좋은 작품을 완성했지만 과도한 집착은 그녀의
삶을 피폐하게 만들었다.

[이 자리에 없는 친구들도 얘기해 볼까? 정신병원을 들락거리
는 어느 꼬맹이의 얘기는 어때?]

"그만해."

[당신이 신인 애들 끼워 넣기 한 탓에 기회를 잃은 사람들의
얘기는?]

"그만하라니까."

[당신 욕심 때문에 스캔들만 얻고 연예계를 떠난 친구는?]

"그만하라고!"

나는 자리를 털고 일어나서 저승사자를 노려봤다. 이를 악무
는데, 그가 나직이 속삭였다.

[왔네, 당신이 기다리던 사람.]

저승사자는 천천히 옆으로 비켰고, 그의 등 뒤에 서 있는 여
자를 본 순간, 나는 깨물고 있던 입술을 놓쳐 버렸다.

오래전, 데뷔와 동시에 스캔들이 터져서 연예계를 은퇴한 신인
배우가 있다.

나는 그때 그녀가 그 정도는 버틸 수 있을 줄 알았다.

그렇지만 악플과 기레기들의 조롱을 견디지 못한 그녀는 연예
계를 떠나 버렸다.

빛나는 재능이 내 욕심 때문에 꺾였다.

"사장님."

오래전에 들었던 목소리가 다시 나를 불렀다.

여전히 고운 그녀의 얼굴에 눈물 한 줄기가 흘러내렸다.

[처음이군. 오늘 당신을 위해서 울어준 사람.]

"이제 가자. 저승이든 지옥이든."

나는 그 아이를 마지막으로 눈에 담으면서 속삭였다.

널 봤으니까, 더 이상 미련 따위는 없다.

남은 사람들이 복상사라고 지껄이든 악덕 매니저라고 지껄이든 이젠 상관없다.

그런데 저승사자는 꿈쩍 않고 내게 말했다.

[당신은 아직 죽지 않았어.]

"무슨 개소리야? 내 몸뚱이 여기 영안실에 있는 거 몰라?"

[내 말은, 당신을 얘기하는 거다.]

저승사자의 손가락이 가리킨 나.

육체는 사라지고 영혼만 남은 나.

"영혼?"

저승사자의 미소에서 비릿한 냄새가 확 풍긴 순간, 내내 거만해 보였던 저승사자가 태도를 싹 바꾸었다.

[팬입니다! 최고남 망자님!]

제2장

—

바꿔야만 산다

"뭐 하는 거야?"

찝찝하다. 저승사자가 갑자기 왜 이러는 걸까.

[아, 사실 제가 망자님 팬입니다. 망자님이 보통 사람입니까? 미다스의 손 아니십니까?]

"아까는 내가 애들 망쳤다며?"

[물론 숱한 업보를 쌓기는 하셨지만, 그로 말미암아 공덕을 닦은 것도 사실이죠. 심지어 F급 운명도 S급으로 만드신 적이 있던데, 그건 뭐랄까… 정말 신도 하실 수 없는 일이거든요.]

저승사자는 태도가 180도 바뀌어서 이제는 날 예찬하기 시작했다. 이건 뭐 물 끼얹고 수건 건네주는 것도 아니고.

심히 기분이 더럽다.

"됐고. 이제 어떻게 되는 건데?"

[그게… 사실 좀 애매합니다.]

"뭐가 애매해?"

[쌓인 업보대로라면 지옥행이거든요.]

등줄기에 소름이 오소소 올라왔다.

[근데, 망자의 공덕 역시 훌륭해서 이 정도 수치면 바로 서천 꽃밭으로 직행입니다. 환생이라고요.]

서천꽃밭의 꽃을 죽은 사람에게 뿌리면 살살꽃은 살을, 뼈살꽃은 뼈를, 도환생꽃은 영혼을 되살아나게 해준다고 한다.

복잡했지만 얼추 알아들었다.

그러니까 내가 지금 시소에 탔다는 얘기다.

반대편이 기울락 말락 하는 거지.

[적당히 우수리 떼고 반올림해 보려고 해도, 워낙 관련된 운명들이 굵직굵직하시잖아요? 보통 사람은 S급 운명과 얽힌 일이 많아봐야 다섯 손가락 안에 꼽을 정도인데, 망자님께서는 수십 수백, 아니, 매일 마주치는 게 S급이었으니.]

슬슬 진이 빠진다.

솔직히 바로 환생이라고 하니 지옥보다는 백번 낫겠다는 생각이 든 것도 사실이었다.

하지만 '내 삶이 그렇게 잘나지도 않았구나' 하는 사실을 깨달으니 허무하면서도 후회가 든다.

'뭐, 이제 와서 바꿀 수는 없겠지만.'

[바꾼다… 그거 좋은 생각이네요? 오케이, 몇 명만 제자리로 돌려놓죠!]

저승사자가 눈을 번뜩였다.

[제가 바로 명계에 신청서 넣겠습니다. 잘하면 통과될 것 같은데요? 꼬여 버린 운명들을 제자리로 돌려놓은 다음 서천꽃밭으로 직행하는 겁니다!]

뭐라고 하는지 하나도 알아들을 수가 없었다.

몸은 죽었는데, 영혼은 살아 있다고 하질 않나. 이제는 무슨 신청서 타령까지.

이건 마치 나는 원하지 않는데 대출해 주겠다고 백날 전화해 오는 사기꾼 새끼들 같지 않나.

저승사자가 손가락을 높이 치켜들었다. 저승사자의 눈은 뒤집혀 흰자만 드러나 있었다. 곧 어딘가에서 불어온 바람이 저승사자의 주위를 감쌌다.

이어 소리와 함께 주위가 무너지기 시작했다.

순간 발밑이 푹 꺼지면서 나는 마치 소용돌이에 빨려 들어가는 나뭇잎처럼 좁은 공간으로 빨려 들어갔다.

사지가 찢어지고 뼈가 부러지는 느낌이었다. 살면서 느껴본 적 없는 고통에 나는 정신을 잃어버렸다.

영원 같은 시간이 흐르고 정신을 차렸을 때, 눈이 부셔서 한참 동안 눈을 깜빡인 뒤에야 주위를 볼 수 있었다.

"여기가 어디야?"

대낮의 어느 카페, 사람들이 제각각의 자세로 멈춰 있다.

대화 중이던 사람들, 타자를 치던 사람, 책을 보던 사람이 정지 버튼을 누른 것처럼 그대로 있다.

내 바로 앞에도 어떤 여자가 있는데, 촌티가 풀풀 난다.

…이럴 수가.

"전유라?"

촌티 나는 여자는 내 장례식에서 핸드폰만 만지작거리고 있던 작가였다.

그녀가 엄청나게 젊어진 얼굴로 내 앞에……

[여기는 20년 전 과거. 망자께서는 이 시점에서부터 다시 시작하시는 겁니다. 기뻐하십시오. 신청서가 통과됐습니다.]

저승사자의 웃음에 소름이 돋는다.

"과거라니, 아니, 내가 이 상태로 뭘 할 수 있다고?"

[망자께서는 20년 전 과거의 몸에 깃들게 되실 겁니다. 그 전에 왼쪽 눈을 감아보실까요?]

일단 시키는 대로 하고 전유라 작가를 다시 쳐다봤다.

『전유라 : 신미(辛未)년 갑오(甲午)월 을해(乙亥)일 출생』

『운명 : S』

『현생 : C』

『업보 : 320』

『전생부(前生簿) 요약 : 효녀였으며 재능 있는 작가이자 시인이었다. 명망 있는 가문의 여식이었으나 일제의 만행을 두고 보지 못해 ????에 몸 바쳤다. 사소한 잘못을 저지르기는 했으나 생전 많은 이들을 살리면서 공덕을 닦았다. ??하는 이가 있었으며, ??하지 못하고 죽었다.』

[망자께서 지금 보고 계신 것은 생의 계획이라는 겁니다.]

"생의 계획?"

[전유라 작가는 타고나길 S급 운명이었지만, 망자 때문에 정해진 운명에 도달하지 못하게 됐습니다. 그로 인해 다수의 운명에도 영향을 미쳤고요. 아, 지금은 C급이네요. 망자와 관련된 업보는 320. 으, 꽤 높네요.]

내가 최고 등급 운운하며 스타성을 평가했던 게, 이제 보니 소 뒷걸음질 치다 쥐 잡은 격이었다.

도축장에서 등급 도장을 찍듯 사람 운명에도 등급이 있다니.

황당해서 한숨 쉬다가 나도 모르게 내 손을 쳐다봤다.

『최고남』

『최종 : F』

"최종 F?"

그 정도야? 내 삶이 그 정도로 최악이었단 말인가.

이건 좀 충격이었다.

[D 이하는 확실하게 지옥이죠. 흐흐.]

저승사자가 제 목을 긋는 시늉을 하고는 기분 나쁘게 웃는다.

"그럼 이제 어떻게 하라는 거야?"

[업보지수를 낮추시면 됩니다. 망자께서 잘못한 순간들을 고치고, 망자가 준 수많은 상처들을 거두시면 저들의 업보는 사라지고 당신은 죄를 씻을 수 있으니까요.]

"그러니까, S급을 오로지 S급으로 성장할 수 있게 하라는 거지? 죄를 씻으면 어떻게 되는 거야? 아니, 씻지 않으면 어떻게 되는데?"

[궁금하세요?]

저승사자가 다시 손을 들려고 하자 나도 모르게 몸이 굳었다. 아까의 고통이 벌써 내 머릿속에 새겨진 탓이다.

[S급 몇 명만 제자리로 돌려놓자고요. 그럼 시소가 망자님 쪽으로 기울게 될 겁니다. 그럼 전 이만.]

"잠깐! 숨 고르기 할 시간은 줘야지!"

저승사자의 손가락이 허공에서 멈칫했다.

나는 정신을 바짝 차리고 전유라 작가를 눈에 새겼다.

흔히들 그렇게 말한다. 대한민국은 작다고. 좁고 비좁다고.

그런데 이 좁은 땅에 수많은 스타가 존재하고 내일이면 또 새로운 스타가 탄생한다.

잠재적 연예인 지망생 100만 명, 등록된 연예 기획사 2,000개.

유튜브, SNS, 오디션프로그램으로 과거보다 다양해진 스타 입문의 길.

하지만 반짝임과 불변의 가치를 가지고 있는 금은보화와 달리 사람은 그냥 사람일 뿐이다.

스타가 될 원석인지, 아니면 그냥 짱돌인지 누구도 당장은 가치를 측정할 수 없는 법.

그런 점에서 지금 내 앞에 있는 여자는 분명 내가 짱돌인 줄 알고 발로 걸어찼던 '특' 스타 원석이다.

상태창의 운명등급도 S 아닌가.

하지만 내가 오늘 이 여자에게 신랄한 비판을 하는 바람에 이 여자에게는 트라우마가 생기게 된다.

해야 할 일이 떠오른 순간, 저승사자의 손가락이 부딪쳤다.

딱!

*　　　　　　*　　　　　　*

"매니저님, 죄송해요. 제가 너무 늦었죠? 오래 기다리셨죠? 아휴, 차가 너무 막혀서요. 죄송합니다."

진짜로 20년 전의 어느 날이 다시 시작됐다. 몹시 미안해하는 그녀를 멍하니 바라봤다.

"저 기다리시다 깜빡 잠드셨었나 보다."

"잠깐만… 화장실 좀 다녀올게요."

"아, 그러세요."

일단 일어났다.

혹시 몰라 주위를 살폈지만 저승사자는 안 보인다.

화장실 문을 잠그고 거울을 보니 한때는 당연하게 생각했던, 그러나 빠르게 잃어버렸던 젊음이 눈앞에 있었다. 머리숱 봐라. 이런 시절이 있었네.

아니지, 이럴 때가 아니다.

심호흡을 하고 주머니를 뒤적여 핸드폰을 꺼낸 다음 날짜를 확인했다.

'2018년 4월 3일 월요일.'

이 무렵이면 N탑에서 독립하고 반년 정도 지났을 때인가.

내가 정말 과거로 돌아왔다면 살아생전 이룬 부와 명예도 죽음과 함께 허상처럼 사라졌다는 얘기겠지.

하지만 물질적인 것은 아쉽지 않다.

다만 이게 나에게 벌인지, 아니면 상인지 헷갈린다.

띠리리.

하마터면 욕이 나올 뻔했다. 흔한 벨 소리가 이렇게 무서울 줄이야.

심호흡을 하고 핸드폰을 확인한 나는 마치 누가 뒤통수를 때리기라도 한 것처럼 눈을 부릅떴다.

[윤소림]

벨 소리는 계속해서 울렸고, 나는 머뭇거리다가 전화를 받았다.

"…소림이니?"

―당연히 소림이죠, 헤헤. 대표님! 오늘 작가님 만나보셨어요?

진짜 그 녀석 목소리다. 날 위해 울어준 단 한 사람.

"소림아."

―예, 대표님.

"이따가 보자."

―이따가요?

"그래… 꼭."

이 황당한 상황에 별의별 감정과 생각들이 교차했지만, 일단 전화를 끊고 다시 거울을 바라봤다.

이건 꿈도 쇼도 아니다.

손에 쥔 핸드폰, 전유라 작가, 윤소림의 목소리, 그리고 저승사자.

"그래. 돌려놓을게. 내가 바꾼 운명들, 제자리로 돌려놓으면 될 거 아니야."

까짓것 안 하면 되잖아.

악덕 매니저.

＊　　　　＊　　　　＊

내 앞에 있는 여자는 다시 봐도 전유라가 분명하다.

통통한 볼과 작은 코. 서글서글한 눈이 수줍은 미소 뒤로 숨는다.

나는 기억을 헤집기 시작했다.

처음에는 하나둘씩 떠오르더니 급기야 장마철 하수도 뚜껑 위로 역류하는 물처럼 거칠고 생생한 기억들이 내 머리를 채웠다.

"아휴, 만나달라고 사정한 사람이 전데 이렇게 늦었어요. 정말 죄송합니다."

나에게 거듭 사과한 전유라 작가는 색이 바랜 노란색 원피스에 데님셔츠를 입고 있었다. 정말 그때와 똑같네. 소매에 묻은 밥풀까지도.

"저기 이쪽에."

나는 손끝으로 그녀의 소매를 가리켰다.

"이쪽이요? 왜요?"

그녀가 손을 더듬다가 제 검지에 옮겨 붙은 밥풀을 보고 깜짝 놀란다. 화장을 한 듯 안 한 듯 밋밋해 보였던 얼굴이 과즙 메이크업이라도 받은 것처럼 붉어졌다.

"급하게 나온다고 서두르다가… 아, 뭐 좀 드시겠어요?"

"아닙니다. 제가 가서 사 올게요."

전유라가 엉덩이를 들썩이기 전에 내가 먼저 자리에서 일어났다.

"캐러멜마키아토 좋아하시죠? 휘핑크림 듬뿍 들어간 거."

"어? 그걸 어떻게……."

내 컴퓨터에는 작가들 취향은 물론, 피디들 빤스 사이즈까지 엑셀 파일로 정리되어 있다.

"여자들이 좋아하더라고요. 소림이도 그렇고. 그래서 좋아하실 것 같아서요. 캐러멜마키아토, 괜찮으시죠?"

"예."

고개를 끄덕이는 그녀를 두고 일어나 카운터에서 지갑을 꺼냈다.

사람들도, 음악 소리도, 커피 향도. 다 진짜다.

주문한 커피가 나올 동안 떠오른 기억들을 정리했다.

일단 늦게 온 전유라 작가 때문에 화가 좀 났었다. 전날 과음을 했던가? 그래서 속도 안 좋았고.

아무튼 KIS 김 피디와의 친분 때문에 나온 자리였다.

공모전 단막극 부문에서 수상한 작품이 있는데, 작가가 여주 이미지에 윤소림을 그리며 대본을 썼다는 것이다.

입봉 작가가 원하는 배우를 입맛대로 선택한다?

말도 안 되는 얘기지. 어쩌면 나는 그녀를 만나기 전부터 어떠한 선입견을 품고 있었는지도 모르겠다.

그래서 이 스타 원석을 돌멩이 걷어차듯 차버린 것도 모자라 정신 나갈 정도로 팩트 폭행을 했지.

하지만 정말 몰랐다. 그날의 몇 마디에 그녀에게 트라우마가 생길지는.

"드세요, 작가님."

따뜻한 캐러멜마키아토 한 잔을 그녀 앞에 놓고 자리에 마주 앉았다. 그러기를 잠시.

나는 2018년 4월 3일의 오후의 순간을 맞이했다.

이렇게 평화로웠던가.

과거의 시간은 이렇게 아름답고 찬란했던가.

"왜 그러세요?"

전유라가 나를 빤히 쳐다본다.

"대본 볼 생각하니까, 괜히 기분이 들떠서요."

"매니저님, 되게 좋으신 분 같으세요."

전유라가 제 입술에 묻은 휘핑크림을 닦고 맑게 웃는다.

"제가 왜, 좋은 사람 같아요?"

"저 배려해 주신다고 그렇게 말씀하시는 거잖아요. 부족하지만 그래도 노력해서 썼습니다. 꼭 마음에 드셨으면 좋겠어요."

전유라 작가의 웃음을 보면서 나는 장례식장 구석에서 핸드폰만 매만지고 있던 전유라 작가를 떠올렸다.

같은 사람인데 이렇게 다르구나.

베타차단제와 항우울증 약들로 핏기마저 사라져 보였던 20년 뒤의 전유라 작가와는 달리, 내 앞의 전유라는 눈빛이 초롱초롱하고 입술은 생기가 넘쳐흐른다.

정말 나 때문이었단 말인가.

정말 내가 그녀를 그렇게 만들었단 말인가.

젠장.

나란 인간이 조금 싫어진다.

                    *   *   *

　대본을 찬찬히 훑어보고 나서 고개를 들었다.

　전유라는 초조하게 앉아서 빨대만 괴롭히고 있었다.

　그래서 이 단막극이 성공했냐고 누군가 묻는다면 그 질문에 대한 답은 분명하다.

　단막극은 성공할 수가 없는 장르다.

　"별로… 예요?"

　전유라가 몇 번이나 입술을 오므린 끝에 물었다.

　커피는 바닥을 보였고, 대본 첫 장에는 햇볕이 내려앉았다.

　[공서] (종류가 다른 동물이 한곳에서 같이 산다는 뜻)

　시놉시스 : 전 환성그룹 부회장의 아들 한이준은 갑작스러운 부모님의 사고로 세상에 홀로 남겨진다. 심지어 부모님은 그에게 오피스텔 하나만 남기고 모든 재산을 사회에 환원한 상태. 한이준은 울며 겨자 먹기로 오피스텔에 들어간다. 하지만 그곳에는 월세 계약이 만료된 현아가 살고 있었다. 현아는 쫓겨날 위기에 처하고, 한이준은 혼자 살아갈 길이 막막한 상황. 결국 현아는 그의 사회 활동을 도와주는 조건으로 더부살이하게 되는데.

　솔직히 말하자면 난 이 드라마를 본 적이 없다.

　관심조차 없었으니까.

　악덕 매니저 타이틀을 떼고 싶은데, 이런 못난 글을 보니 다시 속에서 열이 들끓는다.

30 내 S급 연예인

그래, 나란 놈은 태생이 그렇다.

기다리는 것을 못 하고, 답답한 것을 싫어한다. 마음에 없는 말은 죽어도 못 한다.

그리고 무엇보다, 재능이 있는데 그 재능을 제대로 쓰지 못하는 재능충들을 보면 화가 난다.

이 대본만 봐도 전유라에게는 재능이 있다.

그러니까 공모전에 수상했겠지. 그런데 왜 이렇게 썼냐 이 말이다.

화가 나니 조금 전까지 슬금슬금 고개를 들던 죄책감이 싹 날아가 버렸다.

사람 그렇게 쉽게 안 변한다.

'업보지수……'

일단 시원한 아이스아메리카노를 벌컥 들이켰다.

저승이가 보고 있을지 몰라서 억지로 미소를 지었더니 입꼬리가 파르르 떨린다.

"두 사람이, 집이라는 공간에서 서로를 알아가는 과정이 꽤 재밌겠는데요?"

뭐라도 좋은 쪽으로 쥐어짜서 나온 말이다.

"그렇게 생각하세요?"

전유라가 동그란 눈을 빛냈다.

집에서 다듬은 것 같은 머리카락이 검은 눈동자를 찌를 듯 말 듯 구부러져 있었다.

"그럼… 제가 빈말하겠어요? 교훈도 있고… 로맨스 요소도 있고."

내키지 않는 말들을 하니 혀가 꼬인다. 그래도 이 정도면 장

족의 발전이다.

"후후, 소림 씨하고 잘 어울리겠죠?"

그녀가 여기 온 목적을 넌지시 내비치고 내 눈치를 살폈다. 조심스러우면서도 자신의 작품을 완성해 줄 여배우를 향한 욕심이 담긴 시선.

그래. 그때도 저랬어.

그래서 휴화산을 유지하던 내가 활화산이 됐던 거고.

일단 대본을 다시 덮었다.

계속 보다가는 업보지수를 줄이기는커녕 새로운 업보를 쌓을 것 같았다.

"근데 어떻게 저희 소림이를 아시고."

"전에 한번 방송국에서 마주친 적이 있거든요."

언제를 얘기하는 걸까.

이때는 소림이가 연기자로서 여기저기 오디션을 보러 다니던 때였는데.

"방송국에서요?"

"두 달 전쯤인데, 공모작 제출하러 KIS에 갔었거든요. 그때 로비에서 부딪쳤어요."

"그래요?"

나는 눈을 가늘게 찌푸려가며 기억을 떠올려 봤다.

하지만 아무리 기억력 좋다고 자부하는 나로서도 일상의 대부분을 기억하는 것은 불가능에 가까운 일이다. 사실 대부분의 날은 그냥 흘러가고 잊힐 뿐이니까.

"그때 제가 가지고 있던 대본을 떨어뜨렸는데, 그걸 주워주시면서 그러더라고요."

"뭐라고……."

"작가님이시냐고요. 잘 부탁드린다고, 허리가 부러졌나 싶을 정도로 인사를 하시더라고요."

애들 인사하는 거야 회사의 기본적인 예절교육이건만.

왠지 전유라의 순진한 면을 엿본 기본이다.

물론 이해가 안 가는 건 아니다. 어떤 상황에서, 어떤 입장이냐에 따라 사람은 작은 것도 크게 와닿는 법이니까.

아마도 작가 지망생으로서는 꽤 강렬한 기억이었던 것 같다.

"저희 소림이를 좋은 기억으로 간직해 주셔서 감사합니다."

"아, 아니에요. 그렇게까지 말씀하실 일은 아닌데."

겸연쩍었는지 전유라가 손사래를 친다.

여기서 뭘 더해야 하나. 망설이다가 눈을 긁적이는 척하면서 왼쪽 눈을 감았다.

『전유라 : 신미(辛未)년 갑오(甲午)월 을해(乙亥)일 출생』

『운명 : S』

『현생 : C』

『업보 : 170』

『전생부(前生簿) 요약 : …….』

업보지수가 하락했다. 그것도 아주 큰 폭으로 줄었다.

효과가 있다.

이대로만 가면 오늘 안에 전유라 작가의 업보는 깨끗이 지울

수 있을 것 같았다.

하지만 그 뒤로 30분을 온갖 미사여구를 써가며 떠들어도 업보지수는 줄어들 생각을 안 했다.

결국 지쳐서 대본을 챙기고 양해를 구했다.

"이거 가져가도 되죠? 소림이 보여주고 제가 다시 연락드릴게요."

"물론이죠. 그럼 제 전화번호도 드릴게요."

그녀가 핸드폰을 꺼냈다. 나는 그 모습을 넋 나간 듯 바라봤다. 그때도, 핸드폰 번호를 받았었던가.

"아, 제 번호는 좀 그러시죠? 그럼 제 번호 말고 피디님 번호 알려 드릴까요?"

전유라 작가가 머뭇거리면서 주저했다. 그래서 나는 고개를 힘차게 가로젓고 말했다.

"아니요. 너무 영광이라서요."

*   *   *

전유라 작가를 배웅하고 안심하는데, 저승사자가 다시 나타났다.

순간 나는 녀석의 멱살을 잡을 기세로 따졌다.

"야, 너 어떻게 된 거야? 입술이 저릴 정도로 노력했는데 업보지수가 왜 더 이상 줄지 않는 거야?"

그런데, 저승사자 상태가 좀 이상하다.

넋이 반쯤 나간 것 같달까.

"너 왜 그러냐?"

바싹 다가가 들여다봤더니, 저승사자가 되레 내 멱살을 부여
잡았다.

[왜 또 날 부른 겁니까!]

"무슨 소리야? 네가 나타난 거지!"

바람 앞에 흔들리는 촛불처럼 저승사자의 눈동자가 흔들린다.

그러더니 내 멱살을 놓고 왼쪽 눈을 감는다.

뭐 하나 싶어서 나도 왼쪽 눈을 감아봤더니 상태창을 볼 수
있었다.

『???』

『최종등급 : ?』

『운명 : ????』

『전생부(前生簿) 요약 : ????……』

『영혼 최고남을 관리해야 할 중차대한 임무를 부여받았습니다. 하
여, 현시점부로 저승사자에서 영(靈)으로 신분이 전환됩니다.』

저승사자의 입이 쩍 벌어진 것을 보니 큰일인 것 같다.

"뭐가 잘못됐냐?"

[잘못돼? 잘못돼도 한참 잘못됐지!]

"소리 좀 그만 질러, 인마! 아까는 팬이라더니만."

[공은 공! 사는 사!]

조울증이라도 있나.

저승사자는 뭐가 그렇게 큰일인지 절망의 늪에서 허우적거리
고 있었다. 한참 만에야 축 늘어진 저승사자에게 궁금한 게 있

어서 슬며시 물었다.

"근데, 물음표는 뭐냐? 아까 전유라 그 양반 전생부 요약? 거기 보니 물음표가 있던데. 너는 물음표투성이고."

저승사자가 눈을 부릅떴다.

[전생부를 봤다고요? 그건 저승사자에게만 허락된 건데? 아, 내 생의 계획도 봤다고 했죠? 이름 봤어요?]

"넌 다 물음표였다니까? 그냥 영으로 신분이 전환된다는 거, 그거만 보였어."

곧이곧대로 본 걸 말했더니 저승사자가 다시 시무룩해졌다.

저승사자는 생의 기억이 없다더니, 설마 이 녀석 제 이름도 기억 못 하는 건가.

궁금했지만 뭘 물어보기 어려울 만큼 워낙 다크한 분위기라서 그대로 내버려 두고 카페를 나왔다.

아쉬우면 쫓아오겠지 싶었는데 얼마 못 가 뒤에서 거친 숨소리가 쌕쌕 들렸다.

[어딜 가는 겁니까?]

"회사 가야지."

지금 시기에는 월세 백오십의 작은 사무실이라지만, 그래도 내 회사가 있는데 당연히 거길 가야 맞겠지.

[회사를 왜 가요? 아직 이렇게 해가 쨍쨍한데! 부지런히 업보 해결해야죠! 기다려 봐요, 또 누가 있더라.]

"천천히 하자, 천천히. 오늘 한 건 했잖아."

또다시 손바닥만 한 책 같은 것을 뒤적이는 녀석을 보며 어깨를 으쓱했더니, 녀석이 눈을 동그랗게 뜨고 소곤거렸다.

[아까 얘기 안 했는데요, 업보 해결이 미흡하다 싶으면 명계에서 바로 지옥행 버스에 태울지도 모릅니다.]

왠지 급조한 티가 나서 못 미덥지만, 아무튼.

"근데 왜 더 안 줄어든 거야?"

[뭐가요?]

"전유라 작가 업보 말이야. 내가 아까 이빨을 그렇게 털었는데. 그 정도면 없던 자존감도 따블로 붙을 수준이었거든?"

전유라 작가의 업보지수는 줄다가 말았다.

[운명은 지속적으로 연결돼 있는 법이니까요. 지금 상황을 모면했어도 다시 꼬일 수 있습니다. 꼬인 실을 풀었는데 뒤에 가서 다시 꼬이는 경우 있잖아요. 그런 거죠.]

"완전 사기네. 그럼 뒤에 가면 더 꼬일 수도 있겠네?"

[역시 상황 판단이 빠르시네요.]

모르겠다, 모르겠어.

지금 이게 무슨 상황인 거지.

"빨리 따라와. 배고프니까."

근데, 이러면 저 자식이랑 계속 함께해야 하나?

*　　　　*　　　　*

"아니, 그 친구가 그래요?"

김 피디가 고개를 가로젓는다. 이상한 일이 아닐 수가 없었다. 최고남 그 친구, N탑에서 어린 나이에 매니지먼트사업부 부문장까지 맡고 나와서 제 사업 하는 친구다. 그러니 스스로에 대한

바꿔야만 산다 37

자신감이 오죽할까.

"얼마나 배려심이 있고 친절하신지, 저 정말 작가 하길 잘했다는 생각이 들더라니까요?"

전유라는 완전히 빠져든 모양이었다.

두 손을 꼭 모으고 아주 황홀경에 빠져 있었다.

'이상하네. 그 친구가 그럴 타입이 아닌데.'

하물며 아직 입봉도 하지 못한 신인 작가의 얘기에 귀 기울여 주고 대본 칭찬까지 했다?

귀신이 곡할 노릇이다.

사실 김 피디가 전유라와 최고남의 자리를 마련한 것은 냉혹한 현실을 깨우치고 오라는 일종의 배려였다.

대개의 경우, 좋은 작가의 대본에는 기본적인 재미는 물론이거니와 현장이 녹아든다. 씬의 촬영 가능 여부를 충분히 반영하고, 제작비를 고려하고, 스태프들의 땀을 고려해 씬을 구성한다.

하지만 첫 작은 어떻게 된 것이 다들 한결같다.

입봉작에 많은 걸 담으려 하고, 첫 작이다 보니 촬영 현장에 대한 경험도 전무하다. 그저 욕심만 가득하다.

나는 이 배우와 하고 싶어요, 나는 꼭 이 장면이 들어갔으면 좋겠어요, 이 장면에는 이런 감정선과 이런 복선이 있으니 꼭 들어가야 해요.

'흥, 복선은 개뿔. 그거 누가 알아주는데? 시청자들 머리만 아파! 장면? 그건 또 무슨 개소린데? 무슨 스펙터클 SF 찍나. CG 하나 들어가면 얼만데? 손은 또 얼마나 가고? 그렇다고 대본이 재밌냐 이거야.'

이것도 그저 그런 재미에 심사 위원들이 좋아할 법한 '가능성'
과 '새로움'이란 것만 꽉꽉 담긴 대본이었다.

그래서 최고남에게 가서 한 소리 진탕 듣고 오라고 보냈는데.

'뭐? 칭찬하고 배려를 해주고, 전화번호를 줬더니 영광이라는
말을 했다고? 그 최고남이? 그 인간 핸드폰이 여의도 3대 보물이
라는데 신인 작가의 핸드폰 번호에 영광이라니. 이게 말이야, 찌
라시야.'

김 피디의 눈이 가늘어진다.

'이 여자, 딴 놈 만나고 온 거 아니야?'

그럴 가능성이 농후했다.

"감독님!"

정신을 번쩍 차린 김 피디가 자세를 고쳐 앉았다. 여전히 미
심쩍어서 김 피디는 가자미눈을 하고 묻는다.

"그래서 윤소림이 하겠다는 거예요, 말겠다는 거예요?"

"전화 주신대요."

기대에 부푼 얼굴은 보름달처럼 환했다.

*   *   *

벽은 하얗고 가구는 검은색이다.

흑백이 조화를 이루는 깔끔한 디자인에 사무실 벽은 통유리
라서 직원들이 한눈에 보이는 구조였다.

한강 전망이 잘 보이는 청담동 사옥의 대표실에 비하면 새 발
의 피지만 왠지 좋은 냄새가 난다.

나는 허리춤에 손을 얹고 사무실을 찬찬히 둘러봤다.

이곳은 N탑에서 독립해 얻은 첫 사무실이었다.

인생사 공수래 공수거라고 하더니.

청담동과 압구정의 알짜배기 건물 두 동 대신에 허물어져 가는 임대 건물로 되돌아왔다.

그럼, 뭐부터 할까.

일단은 회사 상황부터 점검해야 할 것 같았다.

지금은 사업 초기, 그래서 윤소림을 궤도에 올린 다음 소규모 레이블과 합작해 걸 그룹을 론칭할 계획이었다.

"사장님, 여기 둘게요."

한 무더기의 서류를 내려놓는 여직원의 얼굴이 밝다.

"하실 말씀 있으세요?"

"아니야. 일 봐."

여직원이 나가고 파일철 하나를 집었다.

윤소림의 프로필이었다.

[그 사람이네요. 아저씨를 위해 울어준 유일한 한 사람.]

아저씨?

뭐 어쨌든.

"그래, 이 녀석이야. 바보 중에서도 아주 바보지."

나 때문에 인생이 망가졌으면서 거길 왜 찾아와.

왔으면 욕이나 실컷 하고 가지, 울긴 또 왜 울어? 바보 같으니라고.

프로필을 노려보다가 의자를 밀어내고 일어났다.

[그 여자 업보 해결하러 가려고요?]

"짜장면 왔다."

통유리 너머로 중국집 배달부가 보인다.

금강산도 식후경이라지 않나.

*　　　　　*　　　　　*

"살아 있네, 이 단무지."

역시 짜장면에는 단무지다.

다람쥐처럼 남은 단무지를 오돌오돌 씹어 먹고 통유리에 매직으로 그린 스케줄표를 바라봤다.

삭막할 정도로 비어 있지만 오늘 날짜에 윤소림의 스케줄이 적혀 있었다.

[윤소림(유병재 동행) ― 오후 2시, MNC '두근두근' 팀 계약 및 인터뷰 촬영]

"저게 문제였지."

윤소림이 처음으로 TV에 모습을 비춘 〈두근두근〉은 리얼예능 프로그램이었다.

남녀 스타가 메신저 앱으로 대화를 주고받으며 서로에 대해 알아가는 프로그램인데 스케줄 도중 뭐 하냐고 메시지를 보내는가 하면, 맑은 하늘 구름 사진을 찍어서 보내주기도 하고, 상대방에게 답장이 오지 않아서 초조해하기도 하며, 각자의 일상이 방송에 노출되는 소소한 재미까지 있었다.

대박 프로그램까지는 아니더라도 중국과 대만 등 해외 시청자들의 사랑을 꾸준히 받아온 프로그램이었다.

그러니 윤소림이 거기에 출연했다는 것은 절대 나쁘지 않은 한 수였다.

그때 〈두근두근〉 피디한테 얼마를 먹였는지.

아무튼 날려 버린 돈에 아쉬워할 틈도 없이 나는 핸드폰을 서둘러 꺼냈다.

그리고 윤소림의 매니저인 유병재에게 곧바로 전화를 걸었다.

"어, 난데, 지금 어디야?"

―지금 작가들하고 얘기 중인데요. 피디님 오면 도장 찍고 바로 인터뷰 촬영 들어갈 것 같습니다.

유병재의 목소리는 조금 들떠 있다.

윤소림의 본격적인 시작을 알리는 신호탄을 쏘는 날이니 무리도 아닐 것이다.

하지만 나는 그 들뜬 기분에 찬물을 끼얹어야 한다.

"도장 찍지 말고, 정 피디한테 내가 지금 방송국 들어간다고 말해. 너희는 사무실로 복귀하고."

*   *   *

'무슨 일이지?'

유병재는 왜 갑자기 도장을 찍지 말라고 한 건지 영문을 몰라서 고개를 계속 갸웃했다.

'하고 안 하고 문제가 아닌데. 이거 어중간한 이유면…….'

단순히 나 안 해, 정도로 끝날 일이 아니었다.

〈두근두근〉팀에서 오늘 인터뷰 촬영 스케줄까지 잡아놓았던 상황이고, 당장 내일모레부터는 본촬영 들어간다는데 윤소림이 계약서에 도장을 찍지 않으면 제작진 입장에서는 뒤통수를 맞은 것과 다름이 없었다.

그러니 뒤집을 만한 큰 이유가 있어야 하는데, 그렇지 않고는 수습할 수 없는 상황이었다.

'대체 뭐지?'

어제만 해도 룸살롱에서 정 피디에게 그렇게 비위 맞춰주던 사장님이 갑자기 돌변한 이유가.

"오늘 사장님 이상하네."

계속 고민하고 혼잣말을 중얼거려 봐도 답이 나올 리 만무했다. 반면 뒷좌석에 앉아 있는 여배우는 너무나도 태연하게 앉아 있었다. 바나나우유에 꽂힌 빨대를 문 채.

"넌 걱정도 안 되냐?"

"걱정을 왜 해요?"

"왜 하긴, 네 인생인데."

혀를 차는 유병재의 귀에 경쾌한 목소리가 들려온다.

"난 걱정 안 해요. 우리 사장님이 누군데. 최고남이잖아요! 밥이나 먹으러 가요!"

"그럴까? 오늘 제육 먹자!"

＊   ＊   ＊

나는 한달음에 방송국으로 달려왔다.

〈두근두근〉 정윤찬 피디를 보니 두툼한 볼에 화가 잔뜩 서려 있다. 이상하겠지, 화가 나겠지. 욕을 쏟아붓고 싶겠지.

근데 말이야.

'니미럴!'

나도 저 얼굴 보니까 화가 치밀어 오른다.

"못 하겠다니 그게 무슨 말이야? 지금 인터뷰 촬영 준비 끝났고, 내일 있을 첫 만남은 이미 야외 스케줄까지 잡았어! 그런데 인제 와서 못 한다는 게 무슨 말이냐고?"

"흥분하지 말고 제 얘기 들어보세요."

정 피디가 눈을 부라린다. 씨알도 안 먹힐 소리 말라는 거다. 지금 나에게 뒤통수를 맞았다고 생각하고 있을 테니 어찌 보면 당연한 반응이었다. 물론, 나도 열나게 참고 있다.

이 인간과 〈두근두근〉 때문에 윤소림은 꿈을 포기했고, 나는 개고생을 해야 했다. 물론 나야 결과는 좋았지. 죽을 둥 살 둥 열심히 살았으니까. 근데 윤소림은? 그 착한 녀석은!

"말해봐. 내가 납득할 이유 아니면 이대로 그냥 못 넘어갈 줄 알아!"

다시는 상암에 발도 못 붙이게 할 기세다.

[이 양반 성격 보통 아닌데?]

저승이는 옆에서 팝콘이라도 뜯을 모양새다.

"지남철."

"남철이가 왜?"

윤소림과 함께 〈두근두근〉을 촬영할 지남철은 소위 말해 중국에서 먹히는 배우였다. 이 무렵 종영한 드라마 〈부잣집 형제들〉에서 제법 괜찮은 서브남주 역을 맡아서 포텐 터졌다는 평가를 받았다.

근데 그 개자식이 말이야, 세상모르게 연애를 하고 있었네?

"지남철이 왜!"

"연애합니다."

나는 표정을 싹 바꾸고 말했다.

"뭐, 뭐를 해?"

"연애한다고요. 지남철 이 자식, 연애합니다."

청천벽력 같은 소리에 정 피디는 한 대 얻어맞은 듯한 얼굴이었다. 저승이의 표정도 압권이다. 시청률 30%의 월화드라마에서 죽은 줄 알았던 마누라가 점 하나 찍고 나타났을 때의 충격적 반전을 목도한 표정이다.

넋이 나간 둘을 보면서 나는 또박또박 다시 말했다.

"디스파스에서 조만간에 터뜨리려고 준비하고 있다는 말도 있습니다."

"자, 자… 잠깐! 생각 좀 하자고."

"뭘 생각해요? 방송에서 까톡까톡거릴 때마다 설레어 하는 연기 실컷 할 텐데, 그 마당에 열애설 터지면? 피디님도 촬영한 거다 날려야 됩니다."

촬영하고 기껏 편집 다 해놨는데, 열애설이 터졌다?

거기다가 까톡까톡 할 때마다 얼마나 어린아이처럼 들떠서 메시지를 들여다보겠어?

그렇게 감쪽같이 연기했는데 열애설이 터진다?

이건 시청자들을 기만한 거나 다름없다.

"이거 확실해? 확실한 소스야?"

*   *   *

방송국을 벗어나면서 나는 주먹을 꽉 쥐었다.

지금 정 피디는 제대로 뒤집어졌겠지만 일단은 막았으니까.

이제 윤소림의 미래는 바뀐 차선으로 달릴 것이다.

내 인생의 가장 큰 후회 하나가, 지금 막 사라졌다.

"확실하냐고? 확실하지, 인마. 이미 한 번 겪어봤는데."

방송 2회 만에 지남철의 열애설이 터지는 바람에 제작진은 당연히 촬영 분량을 죄다 폐기했다. 그뿐 아니라 국내외 팬들의 거친 항의에 〈두근두근〉 담당 CP까지 나서서 사과를 했다.

지남철이야 팬카페에 손 글씨 편지 하나 올리고 잠수 탔지만, 윤소림은 어떻게 됐던가.

나는 아찔한 기억들을 뒤로하고 눈을 떴다.

[아저씨도 알고 있었죠? 지남철 연애 사실.]

저승이 말에 나는 걸음을 멈췄다.

"그래. 알고 있었어."

하지만 설마 중간에 터질 줄은, 정말 몰랐다.

너무도 좋은 기회라서, 잘만 하면 윤소림에게 기회가 될 수도 있었기에.

[악덕 매니저에게나 기회였겠죠. 아, 지금은 저승사자 모드. 제가 공과 사는 철저하거든요.]

특이한 놈이다.

근데 저승이 말이 틀린 거 하나 없어서 더 짜증이 난다.

내 욕심 때문에 윤소림은 먹지 않아도 될 욕을 먹었고, 악플에 시달리다가 공황장애까지 얻었다. 결국에는 은퇴까지.

그때 많이 후회했다. 계약서를 찍기 전으로 돌아갈 수 있었다면, 정 피디에게 술을 사지 않았으면, 두근두근 말고 다른 것을 했었다면. 그랬다면, 그랬다면.

[아무튼 잘하셨어요. 업보지수, 분명 내려갔을 겁니다.]

이번만은 업보가 내려가든 어쨌든 상관없다.

윤소림의 운명이 이 일로 달라진다면, 그걸로 충분하다.

조금은 빚을 갚은 걸까.

"근데, 내가 또 업보를 쌓으면 어떻게 되는 거냐? 정 피디, 나한테 불만 엄청 많아졌을 텐데. 업보지수 올랐을 거 아냐?"

곤란한 질문이었는지 저승이가 관자놀이를 긁적거린다.

[아저씨가 몸을 빌리고 있는 과거의 최고남에게 새로운 업이 쌓이겠죠. 망자의 행동은 켜켜이 쌓인 생의 모든 것에 영향이 간다는 얘깁니다.]

흠, 그렇다는 건가.

[지금 이해되는 척하시는 거죠?]

저승이가 눈을 가늘게 뜬다.

"뭐가 됐든 지금보다 엉망은 아닐 거 아니야. 근데, 운명등급은 어떻게 정해지는 거야?"

[타고날 수밖에 없는 여러 가지를 고려해서 정해지는 거죠. 전생의 업보, 현생의 집안 배경이라든가. 그런 것들을 선택해서 태어날 수는 없는 거니까. 물론 현생의 노력으로 바뀌기도 하죠. F급

에서 S급이 되기도 하는 것처럼.]

일견 고개가 끄덕여지는 얘기다.

아무튼 대충 알아들었으니 일단 방송국 근처의 카페로 자리를 옮겼다. 커피 한 잔을 놓고 사무실에서부터 쥐고 온 전유라 작가의 대본을 다시 꺼냈다.

[뭐 하는 거예요?]

저승이가 옆자리에 앉았다. 내 뒤에 있던 여자가 제 어깨를 쓸어내리며 중얼거린다.

"에어컨 바람이 세네."

그녀가 자리를 옮기는 모습을 힐끗 보면서 속삭였다.

"업보를 없애도 운명이 꼬일 수 있다며? 윤소림을 궤도에 올릴 거야."

나는 지금 열의에 차 있다.

이번에야말로 윤소림을 스타로 만들 생각이다.

어차피 죽은 목숨. 찬찬히 대본을 뜯어볼 시간은 충분했다.

〈공서〉

1부(촬영고)

S#1. 아파트 앞 (낮)

한이준이 여행 가방을 들고 멍하니 아파트를 올려다보고 있다. 부모님이 세상에 남긴 유일한 재산인 아파트이지만 그의 눈에는 그저 작고 허름해 보인다. 한숨 쉬는…….

"애매해."

저승이도 옆에서 같이 봤는데, 고개를 갸우뚱한다.

[난 그럭저럭 재밌는데?]

"대본이 재밌는 것과 시청률의 흥행은 엄연히 다른 거야."

대본이 재밌어도 시청률에서 고배를 마시는 작품은 셀 수 없이 많다. 활자가 영상화되는 과정에서 많은 변수가 발생하기 때문이다.

연출과 배우라는 외부 요인뿐 아니라 CG 같은 문제도 변수의 요인이다.

다만, 공서에는 확실히 전유라 작가만의 대사가 담겨 있다.

톡톡 튀는 대사에 남주 특유의 말버릇까지.

훗날 그녀의 로맨스 공식이라 불리는 것들이 아직은 푸릇푸릇한 새싹처럼 여기저기에 잔뿌리를 내리고 있었다.

이러니 내가 열받지. 이런 재능이 눈에 보이니까.

2부작짜리 단막드라마에서 뭘 보여주려고는 하는데, 딱히 두드러지는 점이 없다.

로맨스면 로맨스를 보여주든가. 뮤지컬 요소는 도대체 왜 들어가는 건지 모르겠고, 남주가 부모님 재산을 훔친 변호사를 용서하는 것도 답답하다.

'결국에 두 사람이 서로 그렇게 됐다' 같은 열린 결말 역시 최악이고.

이건 윤기 자르르한 볶음밥에 숭늉 말아 먹는 듯한 결말, 아니, 고구마 백 개 먹은 결말이다.

고개를 절레절레 흔드는데 전화벨이 울렸다.

"어, 김 피디."

『KIS 김재하 피디』

이 시기에는 노조 집행위원장을 맡는 바람에 회사에 찍혀서 신인 작가 입봉작이나 찍는 신세지만, 머잖아 케이블방송사로 넘어가서 재능을 활짝 펴게 될 거다.

―야, 내가 이상한 소리를 들었거든? 너, 오늘 내가 보낸 작가 본 거 맞아?

"어, 맞아. 전유라 작가가 본 사람 나였어."

―진짜라고?

김 피디는 여전히 믿지 못하겠다는 투로 다시 물었다.

"그렇다니까."

―그럼, 결정은 한 거야?

"이제 대본 읽었다."

나는 어깨에 핸드폰을 붙이고, 대본을 다시 넘기며 말했다.

"대본 괜찮던데?"

―괜찮다고? 정말로?

김 피디가 의외라는 반응이다. 그래, 나도 돌겠다. 그래도 일단 좋은 부분을 꼬집어 얘기했다.

"인물들 잘 살고 스토리 괜찮고, 대사도 좋고. 근데… 이거 가지 좀 쳐야 하지 않을까? 잔가지가 너무 많은데."

―그렇지? 쓸데없는 게 너무 많지?

김 피디 역시 내 생각과 일맥상통하는 부분이 있는지 반기는 목소리였다.

"내가 보기에는 이거 뮤지컬 이런 건 다 빼고, 답답한 거 좀 버리면 좋을 것 같아. 특히 마지막 결말은 아예 만나서 키스씬으로 가든가, 육교 위에서 그냥 헤어지는 건 뭐야?"

여배우 소속사의 입장에서 키스씬이 달갑진 않다.

그래도 있을 건 있어야 한다.

―야, 너무 적나라하게 쏘아붙이는 거 아니야?

더 적나라하게 말하고 싶은 걸 간신히 참고 있는 중이다.

"그래서 내 말이 틀려?"

―야, 최 대표, 차라리 네가 드라마 찍어라. 졸라 재밌겠다.

낄낄거리는 웃음소리가 핸드폰에서 들려온다.

"이거 캐스팅은 다 끝난 거야?"

―여배우만 정해지면 돼. 나머지야 뭐.

"그럼, 한이준 역은 누구야?"

나는 입술을 핥고 나서 중요한 걸 물었다.

여주가 있다면, 남주도 있는 거니까. 다시 말하는데, 난 이 드라마 관심도 없어서 안 봤다.

―걔도 신인이야. 최 대표는 못 들어봤을 거야. 송연우라고 있어.

이름을 듣자마자 내 머리에 인덱스 파일이 펼쳐졌다.

배우 송연우라…….

이런.

제3장

—

진심으로 귀 기울이는 법

「MNC 두근두근 제작팀 회의실」

"그냥 가세요."

지남철 회사에서 실장급이 찾아와 거듭 사과를 했지만 〈두근두근〉 정윤찬 피디는 턱을 받친 채로 딴 곳을 보며 들은 체 만 체였다.

"피디님, 죄송합니다."

"죄송할 게 뭐 있어요. 매번 눈 뜨고 당하는 우리만 병신이지."

덩치 큰 지남철 매니저에 비하면 정윤찬 피디는 깡마른 몸에 키도 평균보다 작은 남자였다. 그렇지만 쩔쩔매는 건 지남철 쪽이었다.

"인터뷰 촬영 분량 다 잘라낼 겁니다. 그리고 지남철이, 다시는 상암에서 보지 말자고요."

"정말 죄송합니다. 저희가 입이 열 개라도 할 말이 없는데……."

"아휴, 지금 말씀 잘하고 계신데?"

정윤찬 피디가 눈을 흘겼다. 쭉 찢어진 눈에서 도끼라도 날아들 기세다.

"그만 가시고, 그쪽 사장님 지금 국장실에 있죠?"

"예."

실장이 얼른 허리 숙여 대답했다. 지금 정윤찬 피디와 작가들에게 사과하러 온 것처럼, 사장은 예능 국장을 찾아가서 빌고 있을 거다.

"어차피 그쪽 사장님이랑 국장님이 알아서 얘기하실 테고, 나는 상관없으니까 그냥 가시라니까. 우리 회의해야 해요. 패널 다시 섭외해야지, 촬영 스케줄 잡아야지, 덕분에 또 야근하겠습니다. 하."

정윤찬 피디가 바인더에 놓인 펜을 아무렇게나 밀어내며 말했다.

메인작가라고 다를까. 그녀도 제대로 저기압이었다.

"진짜 너무하시는 거 아세요? 어떻게 그렇게 감쪽같이 연기하세요? 마지막 연애가 3년이 넘었다고요? 설렌다고요? 잘 부탁드린다고요? 우린 그래서 남철 씨 인터뷰 촬영 진짜 예쁜 곳으로 섭외하려고, 몇 날 며칠을 카페 주인한테 부탁했는데! 와, 나 또 배우한테 데었네."

짜증 섞인 숨을 콱콱 뱉는 메인작가.

그러자 정윤찬 피디가 기껏 잡은 펜을 다시금 내려놓고 눈을 흘겼다.

"실장님."

"예, 피디님."

"그냥들 가세요. 진짜 지금 너무 화나려고 그래. 얼굴에 분칠하는 것들, 뒤통수치는 거 한두 번 겪는 거 아닌데, 최소한 우리한테는 미리 귀띔이라도 해줬어야지."

"피디님, 정말 죄송합니다. 제가 어떻게든 이번 일은……."

"어떻게 하실 건데? 배우는 오지도 않고, 매니저는 둘이나 와서 사과한다고 뭐가 달라지는데요? 그냥 가시라니까? 우리 지금 당장 섭외할 배우 찾아야 되니까!"

"피디님, 일단 스케줄 되는 여배우들 목록인데요."

타이밍 좋게도 메인작가가 인덱스파일을 내밀었다.

휙휙, 파일을 넘긴 정윤찬 피디가 툭 내려놓고 목소리를 높였다.

"얘들밖에 없어?"

"시간이 있어야 섭외를 하죠. 당장 낼모레 촬영해야 하는데."

"하, 윤소림이 계약서라도 썼으면 또 몰라. 방송 중 스캔들 터지면 차라리 이슈는 되지. 이건 뭐 촬영스케줄 다시 잡느라고 우리 애들 간경화로 쓰러지게 생겼어."

정윤찬 피디가 앞머리를 거칠게 쓸어 올리며 비아냥거리는 그때였다.

"국장님?"

회의실 문이 벌컥 열리고 지남철 소속사 사장과 예능 국장이 들어왔다. 회의실 사람들 모두 일제히 엉덩이를 들고 엉거주춤 섰다.

"말해줘."

국장이 지남철 소속사 사장을 힐끗 쳐다봤다.

'말하다니 뭘?'

정윤찬 피디가 지남철 소속사 사장을 의아한 얼굴로 바라봤다. 계속 고개를 조아리던 실장과 달리 저쪽 얼굴에는 여유가 있었다.

"문제 해결됐습니다."

*   *   *

[송연우가 누군데요?]

"문제아."

아이돌 그룹으로 데뷔하려다가 우연한 기회에 연기를 시작, 이후 배우의 길로 본격적으로 들어선 녀석이었다.

재밌는 사실은 여자 문제가 복잡해서 기자들이 벼르고 별렀는데 톱스타급은 못 돼 스캔들 기사는 피했다는 웃지 못할 스토리를 가지고 있다.

하긴.

단막극인데 기대할 만한 남자 배우가 있을 리 없지.

핸드폰을 내려놓고 경우의 수를 따져봤다.

지금 눈앞에 있는 전유라 작가의 입봉작을 택할 것인지, 아니면 앞으로 잘될 예능이나 작품에 올인할지.

일단 크랭크인 들어가지 않은 것 중에서 올해 말이나 내년 초에 터질 영화의 조연 자리 하나만 잡아넣어도 윤소림은 앞으로 무럭무럭 성장할 기반을 얻게 된다. 그렇게 되면 나는 윤소림에게 진 빚을 갚은 것이다.

하지만 문제는 윤소림이 카메라 한 번 받지 못한 생신인이라는 건데.

[이 작품, 하죠.]

"뭐?"

저승이를 보니 어느새 한쪽 눈을 감고 있었다.

[아저씨가 김 피디와 통화하고 나서 이 대본에서 빛이 나기 시작했어.]

"정말?"

나도 똑같이 행동했지만 보이지 않는다.

[저승사자가 볼 수 있는 생의 계획은 망자가 보는 것과 차원이 달라요. 개수도 많고 구분도 많고.]

니 똥 칼라다, 자식아.

아무튼 대본에서 빛이 난다는 소리는 내가 김 피디에게 언질을 주면서 전유라 작가에게 변화가 생긴다는 뜻인가?

카운터에 부탁해서 볼펜과 종이를 빌렸다.

나는 계획을 세우기 시작했다.

1안. 영화 조연 ─〉 영화 주조연 ─〉 드라마 or 영화 주연

2안. 공서 촬영 ─〉 예능 or 연속극 or CF ─〉 영화 주연

심플한 두 가지 경우의 수 앞에서 입술을 지그시 깨물었다.

"자, 어느 쪽이 빨리 도달할까."

스스로에게 질문을 던져봤지만, 의외로 답은 간단하다.

"2번."

[왜요?]

"몸은 힘들겠지만 영화 촬영보다는 방송 쪽이 로테이션도 빠르고 인지도 올리기가 쉽거든."

거기다 전유라와 윤소림이 이번에 연이 닿는 것도 괜찮고.

지금이야 보잘것없는 입봉 작가라도 연줄이 전부인 이 바닥에서 좋은 작가와 인간적인 관계를 굳힐 수 있다면 윤소림에게 득이 되는 일이다.

마치 기차가 정해진 다음 역을 향해 질주하는 듯 머릿속에서는 계획이 차곡차곡 채워졌다.

내 입가에는 미소가, 콧구멍에서 흥얼거림이 흘러나온다.

이런 기분과 이런 리듬은 참 오랜만이다.

[전화 왔어요.]

얼마나 집중했는지 벨 소리도 못 들었다.

김 피디인가 했는데, 〈두근두근〉 정윤찬 피디다.

"예, 피디님."

─대체 어떻게 안 거예요? 지남철 매니저한테 따지니까 바로 불던데.

급하긴 했나 보네. 존대가 나오는 걸 보니.

"어떻게 안 게 중요한가요. 이제 어떻게 해야 하냐가 중요하지."

나는 볼펜을 흔들며 다시 말했다.

"긍정적으로 생각하세요. 본방 들어가고 터진 것보다야 백번 낫죠. 우리 소림이는 나중에 부탁드립니다. 조만간에 한번 다시 뵙겠습니다."

전화를 끊으려는데, 뜻밖의 얘기가 들렸다.

―우리 그냥 찍죠.

"예?"

―지남철 소속사에서 디스파스랑 딜을 했나 봐요. 이번 건 그냥 묻어주기로.

"어떻게요?"

―모르죠 뭐. 지들끼리 알아서 주고받았는지. 사실 알게 모르게 이런 일들 많잖아요? 덮기도 하고.

정윤찬 피디가 씁쓸한 투로 말했지만, 나는 생각지 못한 재수 없는 전개에 이마를 긁적여야 했다.

이런 내 마음을 이해한다는 듯 정윤찬 피디가 얘길 계속했다.

―알아요, 이거 지뢰인 거 아는데… 그래도 우리가 시간이 없어서 그래. 참 나, 지남철 이 새끼 능력도 좋지. 여자 친구에 스폰도 있어? 어쩐지 웬일로 CM 완판됐다기에 좋다 했더니만… 아휴, 아무튼 복잡하니까. 그래서 지남철 뺄 수 없으니 그냥 가자고요.

정 피디의 목소리에 다시금 반말이 적절하게 믹스되어 나왔다.

―그래서 말인데, 포커스는 윤소림한테 전면적으로 맞출 거고.

이번에 다시 나긋나긋해졌다.

하여간 이놈의 바닥은 갑과 을이 분 단위로 바뀐다니까.

―그뿐인 줄 아나. 국장님이 윤소림 마스크 마음에 든다고 하더라고요. 이번에 하는 거 봐서 드라마국에 토스해서 신경 써주겠다는 말도 있고. 정 원하면 계약서에도 그렇게 적어줄

게요. 그러니까, 이번 거 잘해서 윤소림 우리 MNC랑 길게 갑시다.

어린아이 손에 솜사탕 쥐여주듯, 강아지가 눈앞에서 꼬리 치듯.

상황이 참 재밌다.

지남철 회사가 의외로 일을 잘한다는 생각도 든다.

때로 스타란 존재는 물건처럼 흥정의 대상이 되곤 한다.

몸값을 올리고, 끼워팔기를 하고, 소문을 거래하고, 판을 나누려 딜을 하고….

MNC에서 이만큼 제안한다는 것은 아마도 지남철을 빼지 못할 이유가 분명히 있다는 거고, 지남철 쪽도 스캔들을 막을 자신이 있다는 거였다. 그러니 정 피디의 흥정은 분명 값어치가 있었다.

―딜?

"정 피디님."

―응?

"꽃길만 걸어도 발에 흙 묻을까 봐 심장 조마조마해지는 우리 애를, 미쳤다고 똥밭에 던집니까?"

그러려고 십수 년을 돌고 돌아서 과거로 돌아온 게 아니다.

그리고 너한테는 좀 지랄을 해도 업보지수가 안 쌓인다더라.

―뭐, 뭐라고?

"끊겠습니다."

미련 없이 통화를 끊었다.

마음 같아서는 욕을 한 사발 쏟아붓고 싶은데, 일단은 참는다.

현 상황에서는 내가 을이니까.

후… 김 피디랑 통화하면서 없는 말 하느라 목이 콱 막혔었는데, 정 피디 덕에 속이 뻥 뚫렸다.

기분 좋게 손부채를 부치는 내 모습에 저승이가 고개를 갸웃하고 쳐다본다.

[근데, 좋은 말 고운 말 쓰는 게 그렇게 어려운가요?]

"사람 쉽게 안 변하는 법이다. 반평생을 이렇게 살았는데 어떻게 하루아침에 달라지냐?"

[명부를 보니까, N탑에 입사하기 전에는 그렇지 않았던데?]

나는 스무 살에 N탑에 입사해서 서른둘에 최연소 N탑 부문장이 됐다.

월세 50만 원짜리 사무실로 시작했던 N탑이 강남에 사옥을 짓는 순간이 왔을 때, 내 20대는 작별 인사도 없이 떠나갔다.

"매니저 일이 쉬운 줄 알아? 눈치 빨라야 하지, 감 좋아야 하지, 트렌드에 뒤처져도 안 되지. 그렇게 평생 살아봐. 느긋해지나. 좋은 소리? 백날 해봐라, 쓴소리 한 번 하는 게 훨씬 효과 있지."

핑계 대자는 건 아니다. 그냥 그렇다는 거지.

카페를 나와 택시를 붙잡았다.

여의도를 가로질러 사무실로 향하는 길 위에서 무수히 많은 생각이 머릿속을 스쳤지만, 차창 밖을 하염없이 구경했다.

그런데 사무실 문 앞에서 받은 짧은 문자에 내 눈은 여지없이 흔들렸다.

[실망이에요.]

전유라 작가의 뜻 모를 문자.

"김 피디가 뭐라고 했나?"

그것밖에는 생각할 게 없는데.

잠깐의 고민을 뒤로하고 사무실 문을 벌컥 연 순간이었다.

"사장님!"

[저 아이죠?]

내가 처음 저 아이를 봤을 때는 교복 입은 모습이었다.

눈부신 여름 햇살 아래 투명한 소녀가 서 있었다.

목선의 정맥혈이 보일 정도로 하얀 피부를 가진 소녀가 생글생글 웃음을 달고 아이스크림을 핥아서 보라색이 된 혀를 빼죽 내밀고 있었다.

"소림아."

돌고 돌아서 십수 년 만에 마주하는데도, 내 눈에 비친 그 아이는 엊그제 본 것처럼 생생했다.

"방송국 잘 다녀오셨어요?"

다가온 윤소림이 나를 뚫어지게 보며 왼쪽 입꼬리를 씨익 올렸다. 그래서 나도 입꼬리가 올라간다.

"그래, 다녀왔다."

다시 만나 반갑다. 젊은 날의 친구여.

*　　　　*　　　　*

"두근두근 촬영은 못 하게 됐다."

조용히 얘기를 듣던 윤소림이 담담하게 미소 짓는다.

그 미소에 많은 생각이 담겨 있음은 충분히 짐작할 수 있었다.

실망했겠고, 걱정되겠지.

하지만 지금 당장은 이 아이에게 확신을 심어줄 수가 없었다. 나는 미래를 알고 있지만 이 아이는 모르니까.

"괜찮니?"

"사장님이 결정하신 일인데요."

그 말이 진심이란 것도 잘 알고 있다.

수많은 여배우를 상대해 봤지만 윤소림만큼 진실한 배우는 본 적이 없다. 어쩌면 그래서 더 이 아이가 마음에 남았던 건지도 모른다.

"왜, 웃으세요?"

[그러게. 아저씨 변태 같아요.]

들뜬 기분이 싹 가라앉았다.

*   *   *

이 자식을 그냥.

"아무튼 너무 걱정하지 말고. 시간은 많으니까."

"언제는 빨리 데뷔해야 한다면서요?"

윤소림이 눈꼬리를 살짝 치켜뜬다.

"그랬었나?"

나는 어깨를 으쓱하고 크게 한 번 웃었다.

그래, 그랬었는지도 모르겠다.

작은 회사는 조기에 승부를 봐야 하니까.

안 그러면 빚잔치가 시작된다. 그래서 지금 시기는 1분 1초가 아쉬울 때였다.

하지만 그 아쉬움이 초기에 많은 실수를 낳았다.

N탑 부문장 출신이라는 꼬리표, 주위의 시선과 기대, 스스로에 대한 자부심까지.

돌이켜 보면 최고남이라는 남자가 참 못났던 시기였다.

"곧 대본 하나 들어올 거야. 준비하고 있어."

공서는 수정이 불가피하다.

카페에서 김재하 피디에게 거침없이 한 얘기가 그대로 반영이 된다면, 나는 윤소림의 첫 행보를 공서로 결정할 계획이다.

반영이 된다면 말이다.

"어디 가세요?"

일어나는 나를 윤소림이 바라본다. 젖살이 아직 덜 빠진 여배우는 어미 새가 모이를 물어다 줘야 한다.

"작가 만나러."

오늘의 하루는 아직 저물지 않았다.

*   *   *

나는, 아니, 우린 지금 아파트를 올려다보고 있다.

하늘에선 해가 기울고 있었고, 저 멀리서는 노을이 깔리고 있었다.

문득 〈공서〉의 첫 씬이 떠오른다.

S#1. 아파트 앞 (낮)

한이준이 여행 가방을 든 채 멍하니 아파트를 올려다보고 있다. 아파트는 부모님이 세상에 남긴 유일한 재산이지만, 그의 눈에는 작고 허름해 보인다. 한숨 쉬는…….

[여기가 딱 배경이네.]

"원래 작가들이 드라마 배경에 본인 삶을 많이 녹이는 편이거든. 특히 첫 작은 빼박이야."

지금 상황이, 눈에 보이는 모든 것이 그랬다.

"근데 김 피디 자식, 대체 뭐라고 갈궜길래."

기껏 낮아졌던 전유라 작가의 업보지수가 다시 올라갔다.

카페에서 그렇게 잘해줬어도, 결국에는 또 나에게 실망했단 얘기다.

김 피디가 전 작가에게 뭐라고 한 모양인데, 사실 흔한 일이다.

한 사람은 이상을, 한 사람은 현실을 얘기한다면 결국은 부딪칠 수밖에 없는 거다. 그리고 그중에서 힘 있는 자가 이기게 되는 건데, 지금은 김 피디의 힘이 더 세다. 나중에는 빌빌 기겠지만.

[들어가서 전 작가한테 무조건 아부하세요. 그래야, 업보 줄어듭니다! 저 빨리 복귀해야 해요. 할 일 투성인데.]

"하여간 직장인들은 그놈의 실적이 문제지."

손을 휘휘 저었더니 저승이의 태도가 삐뚤어졌다. 꼭 선생님한테 대드는 반항아 같은 모습으로 이를 악문다.

[자꾸 이러시면 제가 아무리 팬이지만, 좀 무섭게 변할 수 있

습니다!]

"맘대로 하세요."

띵동.

초인종을 누르고 숨을 고르게 내쉬며 주변을 돌아봤다.

오래된 복도식 아파트, 그 아래로 보이는 놀이터에서는 아이들이 뛰놀고 있었다.

흐뭇하면서도 정겨운 풍경이다.

아마 전유라 작가는 글을 쓰다가 밤이 찾아오면 이렇게 서서 아이들을 바라보며 하루의 노곤함을 잊지 않았을까?

철커덩.

열리지 않을 것 같았던 문이 열렸다. 문틈으로 뚱한 얼굴이 나를 바라본다. 그 얼굴은 '나 잔뜩 화났어요'라는 듯 흉흉한 기운을 뿜고 있다.

"여긴 왜 오셨어요?"

나는 대답 대신 양손에 든 비닐봉지를 추켜들고 흔들었다.

"치킨 배달하신 분?"

달랑달랑.

맥주와 소주병들이 부딪쳐 맑은 소리가 난다.

다행히 전유라가 문을 열어줬다. 뻘쭘한 얼굴로 길을 터주는데, 순간적으로 오싹한 한기가 느껴졌다.

[이 집 이상한데요?]

집 안에서 왠지 모르게 불쾌한 기분이 흘러나오는 것 같다. 저승이를 슥 쳐다보니 벌써 뒤로 물러나 있다.

[전 밖에서 기다릴게요.]

'일 안 하냐? 나 감시해야지?'

저승이가 내키지 않는 얼굴로 따라 들어왔다.

구두를 벗으며 천천히 둘러보니 달마도부터 시작해서 별 이상한 게 벽에 걸려 있다.

"아, 글 쓰는 데 도움이 된다고 해서요."

내 시선을 느꼈는지 전유라가 변명을 하고 자리를 안내했다.

[여기 터가 안 좋아요. 빨리 이사 가는 게 좋겠는데.]

'장르 바꾸는 소리 하지 말고 조용히 짱박혀 있어.'

저승이를 뒤로하고 테이블에 비닐봉지를 내려놓았다.

"한잔하실까요?"

*   *   *

"그래서요, 내가 오죽했으면 양말 공장을 나갔어요. 왜? 먹고 살아야 하니까. 진짜, 굶어 죽는다는 게 농담이 아니야."

전유라 작가의 얼굴이 빨갛게 익었다.

"양말 공장 시급 얼마 주는지 알아요? 5천 원도 안 줘. 기본 시급? 개뿔! 시다 알죠? 시다? 완전 시다바리야."

꿀꺽꿀꺽, 맥주 넘어가는 소리가 잘도 난다.

"하."

숨을 토한 전유라 작가의 입술이 번드르르하게 빛났다.

나는 그 모습을 보면서 손에 든 맥주 캔을 흔들었다. 반쯤 남은 맥주가 출렁거렸고 나는 맥주를 훌짝 한 모금 마신 다음 말했다.

"그래도, 그 시간이 있었기에 이렇게 좋은 날도 오는 거 아닙니까."

"헤, 매니저님."

"예. 말씀하세요."

나는 불그스름해진 그녀의 얼굴을 찬찬히 뜯어봤다.

회당 억대를 받는 스타 작가 전유라의 풋풋한 시절이다.

"저 〈공서〉로 받은 상금 천만 원, 그거 받고 제일 먼저 뭐 했는지 아세요?"

"뭐 하셨는데요?"

"고기 사 먹었어요. 국내산, 우리 한돈."

뭐가 그렇게 좋은지 전 작가는 몸을 배배 꼬며 어깨를 들썩였다. 술의 힘이 이래서 무섭다.

"세상에서 제일 맛있었겠는데요?"

나는 새 맥주 캔을 들고 웃었다. 무서운 술의 힘 덕에 내 마음도 유해지는 것 같다.

"지금 저 비웃는 거죠?"

"비웃기는요. 저도 그 맘 알아서 그래요."

[술이 진짜 무서운 거네요. 아저씨 입에서 그런 달달한 소리가 술술 나오는 걸 보면.]

저승사자야, 나도 순정이 있는 사람이다.

"에이, 매니저님… 아니지 대표님이시지. 그 뭐야, N탑 매니지먼트 사업부 부문장이셨다면서요? 그 N탑! 그런 분이 어떻게 제 맘을 알아요?"

입술은 왜 빼죽 내미는 건지 모르겠지만.

나는 피식 웃고 말했다.

"작가님도 참. 저라고 거기까지 쉽게 올라갔겠어요?"

그리고 잠깐, 나는 내 인생을 떠올렸다.

"태생이 금수저인 놈들도 있지만, 대부분의 사람은 다 계단 밟아서 올라가는 겁니다. 저도 그렇게 올라왔고, 신나서 껑충껑충 뛰다가 굴러떨어져 보기도 했고……."

전 작가를 만나러 와서 이런 얘기까지 할 줄 몰랐는데.

사실 타인의 얘기를 듣기 위해서는 제 모습도 조금은 보이는 것이 당연한 거다.

"작가님 글 재밌어요. 캐릭터 좋고, 스토리 좋고, 글빨? 완전히 죽여주지."

"치, 남자가 입이 너무 가볍다. 실없는 말도 하고."

"아이고, 작가님, 제 입이 얼마나 무거운지 제가 수영을 못해요. 자꾸 가라앉아서."

술기운이 붙은 내 낭랑한 말투에 전 작가도 맞장구친다.

"아, 그래서 나도 수영을 못하는구나. 어쩐지, 그렇게 새벽 수영 끊어서 다녀도 늘지를 않더니만. 하하하."

전 작가는 기분 좋게 깔깔 웃고 나서 눈가에 찔끔 흐른 눈물을 닦으며 속삭였다.

"아, 매니저님 너무 재밌으시다. 나 너무 웃어서 복근 나오겠어요."

"복근이요? 그러고 보니 볶은 밥이 당기네."

"으, 뭐야. 그 아재 개그!"

전 작가가 목을 움츠린다.

실컷 웃은 나는 빈 캔을 내려놓았다. 그럼 이제 농담은 여기까지 하고. 일하자, 일.

"작가님."

"진지 모드 이제 시작된 거예요?"

"슬슬 얘기 끝내고 가야죠. 날도 어둡고, 작가님 불편하실 텐데."

잠시 자리에서 일어났다. 작은 거실 여기저기 원고가 늘어져 있고, 벽에는 대본과 관련한 메모지들이 잔뜩 붙어 있다.

그것들이 열려 있는 베란다를 타고 넘어온 바람에 흔들거리고, 노을이 짙게 깔린 나른한 밤이 오고 있었다.

그래, 이 여자도 지금 처절하게 살고 있는 거다.

한때의 나처럼 말이다.

"오는 길에 놀이터가 보이더라고요. 옆에 큰 나무도 보이고, 낡은 그네도 보이고."

〈공서〉 2부 대본에는 주인공 한이준과 현아가 그네를 타는 씬이 있다.

현아의 그네를 밀어주는 한이준은 작고 여린 등이 눈앞에서 멀어졌다 가까워졌다 하는 걸 보면서 마침내 사랑을 깨닫는다.

"한이준이 현아의 그네를 밀어주면서 그러잖아요. 나 너 좋아해……."

뒤돌아보니 전 작가가 고개를 끄덕이고 있었다.

나는 콧바람 한번 바람에 실려 보내고 얘기를 계속했다.

"저는 그 씬 정말 최고라고 생각하거든요? 아마 시청자들도 그럴 거예요. 그래서 기대하죠. 여기서 이제 뭐가 이어질까? 두근두근 심장을 떠는 현아의 모습? 키스씬? 아니면 입술을 바르르 떠는 한이준? 황급히 도망가는 현아?"

모든 이야기는 기대감으로 본다.

다음에 뭐가 이어질까 하는 기대감.

그런데 그 기대를 어긋나게 해버리는 수가 생기면 시청자들은 아주 냉정해진다.

"그런데 우리 드라마는 어떤 장면이 나오죠?"

전 작가에게는 미안한 얘기지만, 최악의 장면이 나오지.

갑자기 놀이터에서 놀던 아이들이 두 사람을 둘러싸고 노래를 하는 것이다.

한마디로 뮤지컬 요소가 튀어나온 거다.

왜 그래야 하는지도 모를, 감정 흐름을 완전히 뒤집어 버린 장면이었다.

"알아요. 작가님이 시청자들에게 더 좋은, 더 많은 얘기를 보여주고 싶어 하는 거."

하지만 시청자들이 알아줄까?

아마도 이때 음악영화들이 대세여서 전 작가가 욕심을 낸 게 아닌가 싶다.

"그리고 끝까지 두 사람이 키스 한 번 없이, 마지막에도 열린 결말로 가는 것도 좋죠. 하지만 로맨스는……."

"저는요, 그저 그런 로맨스는 싫어요."

내 말을 끊은 전 작가는 이마에 주름을 찌푸렸다.

"그저 그런 로맨스요?"

로맨스로 뜬 양반이 로맨스를 무시하다니.

예상 밖의 상황이었다.

"저는 의미 있는 드라마를 쓰고 싶어요. 감동이 있고, 교훈이 있는 드라마요."

"그건 그냥 아침에 일어나서 저녁에 침대에 눕는 일상이죠. 시청자들은 재미를 보고 싶어 하지, 다큐를 보고 싶어 하는 게 아니잖아요?"

"왜요? 난 다큐 재밌는데?"

알밉게 눈을 흘긴 그녀가 숨을 거칠게 뱉었다. 그러더니 갑자기 제 머리를 마구 헝클어뜨리며 바닥에 머리를 박는다.

뭐야, 이 여자.

"못 쓰겠어요."

개미 기어가는 소리라서 알아들을 수가 없었다.

덕분에 나는 귀를 가까이 가져가야 했다. 뭐라고 한 거야.

"예? 뭐라고 하셨어요?"

"로맨스를 못 쓰겠다고요!"

왜. 그러니까 왜.

"저 모쏠이라고요!"

＊   ＊   ＊

나는 당황해서 입술만 마냥 핥아야 했다.

솔직히 말해서 웃음이 터질 뻔한 것을 간신히 참고 있었다.

로맨스로 뜬 양반이, 로맨스의 대가가, 로맨스를 못 쓴다니.

하물며 뭐? 모쏠이라고?

하긴, 로맨스같이 달콤한 얘기를 쓰면서 정신과 약에 의존하는 것도 이해가 가질 않았으니까.

"못 들은 걸로 해주세요! 매니저님 그 입, 수면에 떠오르면 진짜 각오하셔야 할 거예요!"

전유라의 얼굴이 활화산이다.

나를 향해 작은 주먹을 꽉 쥐는 모습에, 나는 어이가 없기도 하고 웃기기도 해서 말없이 의자에 앉았다. 그사이 꿀꺽꿀꺽 맥주를 비운 전 작가는 빈 잔을 땅! 내려놓고 말했다.

"어떻게 쓰는 건데요? 로맨스 어떻게 쓰는데? 말해줘요. 그럼 내가 고칠게."

"후."

나는 한숨을 쉬고 그녀를 바라봤다.

"작가님, 만약 작가님이 여주고 제가 남주면, 저는 이럴 때 이런 대사를 칠 거예요."

그리고 심호흡을 한 번 하고 전유라에게 다가갔다.

"나도 맥주 마시고 싶은데 마실 수가 없네. 간이 안 좋아서."

"그게 무슨 말이에요."

"아, 방법이 하나 있어요."

순간, 나는 그대로 전 작가를 향해 얼굴을 가져갔다.

입술이 닿기 전에 멈추고, 그 상태에서 속삭였다.

"키스해요, 우리."

*   *   *

들이밀었던 얼굴을 빼고, 다시 의자에 앉으며 전 작가를 보니 손까지 오므리고 죽겠다는 얼굴이다.

역시나, 저승이는 시청자 모드다.

"으, 느끼해."

뭇 여성들이 꺄꺄 소리치게 만든 그 씬을 쓴 사람이 바로 당신이라고.

"로맨스 별거 없어요. 남자 있고 여자 있어요. 그 둘을 중심으로 사건이 벌어지면 돼요. 명심할 것은, 기승전로맨스라는 거. 뭐든 사건은 로맨스로 끝나면 됩니다. 거기다가 멋진 대사빨."

나는 간단한 진리를 전유라에게 일깨워 주고 일어났다.

"그리고 로맨스 소설 많이 읽으시고요. 제 얘기는 여기까지예요. 김 피디가 뭐라고 했는지는 모르겠는데, 저 일개 매니접니다. 제가 드라마 좌지우지하는 거 아니에요. 두 분이 알아서 조율하실 일이지."

나는 의견을 얘기했을 뿐이다.

드라마가 작가 놀음이라는 사실은 방송국 앞을 지나가는 똥개도 알 거다.

"그래서 제 글이 좋다는 거예요?"

"작가님 작품 좋아요. 그거 진심입니다."

나는 재킷을 챙기고 다시 한번 전 작가를 돌아봤다.

그런데, 그녀가 핸드폰에 눈을 고정한 채로 고개를 들지 않았다.

"오늘 여기 왜 오신 거예요?"

"말했잖아요. 작가님 작품 좋아서요. 우리 소림이가 출연하든

하지 않든, 오해는 풀어야죠."

"지금, 저 약 올려요?"

고개를 든 전 작가의 얼굴이 차갑다.

턱이라도 건들면 얼음이 후드득 떨어질 것 같았다.

"그게 무슨 소립니까?"

"보세요, 직접!"

그녀가 내게 핸드폰을 불쑥 내밀었다.

[단독] MNC 〈두근두근〉 신인배우 윤소림 섭외

"윤소림이 공서 하지도 않을 거면서 뭐 하러 여기 오셨냐고요! 제가 불쌍해서 온 거예요?"

나는 떠밀리다시피 집 밖으로 쫓겨 나와야 했다. 술 취한 여자가 왜 이렇게 힘이 좋은지.

쾅! 닫힌 철문에 눈만 깜빡였다.

[뭐예요? 지금 상황기]

"헛짓한 거지."

업보지수 내리려고 왔다가 화만 돋우고 가게 생겼다.

핸드폰을 꺼내 정 피디에게 전화를 걸었다.

"어떻게 된 거야. 안 한다고 말했는데."

뚜르르르… 뚜르르르…….

예상대로 신호만 줄기차게 가고 정 피디는 전화를 받지 않았다.

[정 피디 그놈, 안 되겠네.]

아무튼 이 빚은 천천히 갚으면 되고, 문득 궁금한 게 생겨서 저승이를 쳐다봤다.

　"혹시, 너도 모쏠이냐?"

　[아니거든요!]

　"기억도 없는데 아닌지 어떻게 알아?"

　[제 얼굴 보세요. 이런 말은 죄송하지만, 아저씨랑 체급이 달라요.]

　뭐, 내가 봐도 저승이는 살아 있었을 때 인기가 많았을 것 같다.

　그러네. 이 자식, 자세히 보니 되게 잘생겼네.

　[왜요? 너무 잘생겼어요?]

　"네 뒤에 귀신 있어."

　말 꺼내기 무섭게 저승이가 아파트 복도에서 뛰어내렸다.

　자식.

　피식 웃는데, 갑자기 등줄기에 소름이 쫙 돋는다.

　나는 서둘러 계단을 뛰어내려 왔다. 노래를 부르면서.

　"내게 강 같은 평화, 내게⋯⋯."

*　　　　　*　　　　　*

　아침에 눈을 떴을 때 제일 먼저 전유라를 찾아온 것은 지독한 숙취였고, 그다음 찾아온 것은 창피였다.

　「〈두근두근〉제작진, 신인배우 윤소림? 누군지도 몰라.」

그리고 도착한 문자 한 통.

[작가님, 기사는 오보입니다. 확인해 보니 기자가 미리 작성된 기사를 내보낸 모양이에요. 공서 출연 여부는 소림이 의견을 충분히 반영해서 결정하겠습니다. 물론 그 전에 저희에게 먼저 제안해 주셔서 정말 표현할 수 없을 정도로 감사하고요. 그럼, 조만간에 연락드리겠습니다.]

이불을 수십 번 걷어차고, 또 앞으로도 걷어찰 어제의 기억이 그녀의 머릿속을 어지럽혔다.

"내가 무슨 짓을 한 거야?"

그 유명한 최고남이라는 매니저가 여기까지 와서 위로해 주고, 심지어 조언까지 해줬는데.

작품이 좋다고 응원까지 해줬는데.

그런 그를 온갖 비난을 퍼붓고 쫓아냈다.

전유라는 한달음에 씻고 집을 나왔다.

그리고 김 피디에게 퓨처엔터 위치를 물은 다음 무작정 버스에 올라탔다.

"어떻게 오셨어요?"

퓨처엔터는 예상보다 훨씬 작은 사무실이었다.

천장에 미디어홍보 팀, 스타일 팀, 매니지먼트 팀 팻말이 대롱대롱 매달려 있었다.

주위를 빠르게 둘러본 전 작가는 목에 스카프를 두른 여자에게 말했다.

"최고남 사장님 뵈러 왔는데요."

"사장님을요? 실례지만 누구시죠?"

마침 여자는 손에 〈공서〉 대본을 들고 있었다. 근데 왜 저걸 손에 들고 있는 걸까.

'설마, 버리려는 걸까?'

온갖 생각을 하다가 전 작가는 겨우 입을 열었다.

"저는, 그거 쓴 작가예요."

"아, 작가님이시구나."

얼굴이 환해진 여자는 그녀를 대표실로 안내하고 자신을 소개했다.

"저는 퓨처엔터 미디어홍보 팀 김나영 팀장이라고 합니다."

"전유랍니다."

"사장님 금방 오실 거예요. 차는 뭐로 드릴까요?"

"아, 괜찮습니다. 속이 안 좋아서."

전유라는 지금 당장 화장실로 달려가고 싶을 만큼 속이 부글부글 끓고 있었다. 어제 최고남을 쫓아내고 혼자서 얼마나 마셨는지.

"그럼 앉아 계세요. 저는 이거 복사 좀 해야 해서."

김나영 팀장이 대본을 흔들었다.

"복사요?"

"예. 사장님이 한 부 복사해 놓으라고 하셨거든요. 소림 씨 보여준다고."

버리려던 게 아니었다.

그 사실에 안도한 전유라가 자리에 앉자, 김나영 팀장은 미소를 생긋 보이고 나갔다.

후, 하고 잠시 한숨 돌리려는데 마침 핸드폰이 울렸다.

"예, 피디님."

―어디세요?

"저, 지금 퓨처엔터 왔어요."

―아니, 진짜 찾아갔어?

"이렇게라도 해야죠."

전유라는 윤소림을 떠올리며 공서를 썼다.

하지만 그 이유만은 아니었다. 최고남이라는 사람이 자신에게 보여준 태도를 잊을 수가 없었다.

입봉도 하지 못한 작가의 한마디 한마디에 귀 기울여 주던 어제의 모습.

그래서 이번에 꼭 함께하고 싶었다.

물론, 그 전에 사과가 먼저였다.

―아휴, 알았어요, 알았어. 윤소림 붙잡아 와요. 그럼 내가, 최고로 멋있게 찍어줄 테니까.

"저기 피디님."

―왜요?

"어제 하신 얘기요……."

전유라는 차분히 얘기해 나갔다. 모든 것을 내려놓을 순 없지만, 그래도 수긍할 수 있는 부분은 받아들이기로 한 것이다.

김 피디도 어제 심하게 말한 건 미안하다며 사과를 하고 전화를 끊었다. 이제는 최고남만 오면 되는데.

"어?"

갑자기 전유라의 코에서 뭔가 주르르 흘러내렸다.

코피였다.

잦은 일이었기에 당황하지 않고 책상 옆에 놓인 갑 휴지를 휙휙 뽑아 코에 쑤셔 넣는데, 사무실 문이 열렸다.

순간, 전유라는 저도 모르게 무릎을 숙였다.

일단 코를 제대로 막고 일어나자는 생각이었는지도 모른다. 아니면 부끄러워서일지도.

"그렇게 대본이 좋아요?"

들려오는 여자의 목소리가 정말 예뻤다.

"물론이지. 대본도 좋고, 작가도 좋고."

이번에는 익숙한 목소리였다.

"그럼 전 할래요."

"정말?"

"사장님이 제대로 봤겠죠. 제가 뭘 아나요. 아직은 저, 어미 새한테 모이 받아먹어야 할 아기 새라고요."

전유라는 이제 일어나야 하나 싶어서 엉덩이를 꿈틀거렸다.

그런데.

"소림아, 예전에 어떤 선생님이 그런 말을 하셨어."

"뭘요?"

"작가님이 한 땀 한 땀 쓰신 대본을 제대로 소화하지 못할까 봐 항상 걱정이었다고."

최고남이 그 말을 하고 다시 말했다.

"우리 이 작품 최선을 다하자. 작가님의 땀과 눈물이 고인 이 대본을 위해서, 그리고 너를 위해서. 그게 배우다."

지금, 전유라는 눈물을 흘리고 있었다.

코피와 눈물이 휴지에 젖어 들어갔다.

*   *   *

"흐흐."

전유라가 돌아가자마자 나는 사무실로 돌아와 꾹 참았던 웃음을 실실 흘리며 도도하게 앉아 있는 저승이에게 손바닥을 들이밀었다.

저승이가 손바닥을 스윽 든다.

짝!

하여튼 전유라가 사무실에 있다는 것을 알려준 저승이 덕분에 나는 그녀를 감동시킬 수 있었다.

"업보지수가 내려갔어."

『전유라 : 신미(辛未)년 갑오(甲午)월 을해(乙亥)일 출생』

『운명 : S』

『현생 : C』

『업보 : 150』

『전생부(前生簿) 요약 : ……』

거기다 현재등급도 한 단계가 올라갔다.

"근데 또 불안하네. 이러다 또 오를 수 있으니까."

[운명등급을 올리는 수밖에요.]

"그러면 뭐가 달라져?"

저승이와 마주 앉아 다리를 꼬고 물었다.

[행복한 사람은 사소한 일에도 행복을 느끼는 법. 반면 불행한 사람은 작은 일에도 섭섭해하고 불만을 가지는 법.]

"그러니 등급이 오르면 업보지수가 오르는 확률도 낮아진다?"

역시, 처음부터 예상했던 대로다.

그래서 윤소림을 S급으로 올릴 생각이었던 거고.

결국 S급의 업보를 풀려면 S급으로 만들어야 한다는 얘기다.

문득 내가 업보를 풀어야 될 사람들이 대체 얼마나 될지에 대해 생각해 봤다.

한도 끝도 없을 것 같다. 그걸 다 언제 푸나. 뭐, 시소가 내 쪽으로 기울 때까지만.

잠깐 회한에 젖어 들 때 노크 소리와 함께 갈색 머리칼을 가진 여자가 들어왔다. 뿔테 안경 속의 눈동자에는 나만 비친다.

"대표님, 기사 낼까요?"

윤소림의 공서 출연 기사를 미리 준비해 놨다.

"어, 그렇게 해."

"그럼 기자에게 연락해서 내일 오전에 내겠습니다."

그녀가 빙긋 웃고 뒤돌았다. 나가려는 그녀를 나직이 불렀다.

"김나영 팀장."

"예?"

"수고했어."

「[단독] KIS2 단막극 '공서' 여주인공에 '배우 윤소림'

배우 윤소림이 KIS 단막드라마로 본격 연기 활동을 시작한다. 4일 KIS 드라마국 관계자에 따르면 윤소림은 드라마 스페셜 '공서'에서 현아 역을 맡아 열연을 펼칠 예정이다. 2018년 KIS 상반기 극본공모작 '공서'는 김재환 PD가 연출을 맡았다.」

"봐요."

김재환 피디가 노트북을 돌려 전유라에게 내밀었다.

그녀의 눈동자가 급격히 커졌다.

"이거, 진짜 기사 뜬 거예요? 우리 드라마 기사 뜬 거 맞아요?"

흥분으로 달뜬 그녀의 얼굴을 본 김재환 피디는 피식 웃었다.

"당연히 기사 뜬 거지."

"하지만 우리 제작발표회도 안 했잖아요?"

"작가님, 배우 윤소림의 소속사 대표가 최고남입니다. 이런 포털 기사는 그 인간한테 앉아서 코 후비기보다 쉬워."

"와, 진짜 대단하다."

전유라에게는 확실히 신입 작가의 순진한 면이 있었다. 그녀의 눈동자에 모니터가 쏙 들어갈 것 같았다.

"봐요, 이제 드라마가 방영되면 기사 줄 세울 테니까. 리뷰 기사에, 복돌이 치고 올라오면… 모르지, 또 실시간검색어 뜰지. 아마 가능할 겁니다. 최고남이 윤소림 띄우려고 작정하고 있으니까."

물론 프라임타임 드라마도 아니고 예능도 아니다. 그러니 그럴 일은 희박했지만 최고남이 무슨 마법을 부릴지는 아무도 모르는 거다.

그만큼 김 피디는 최고남의 주변에서 놀라운 것을 많이 목격했다.

"그런데요……."

전유라가 말꼬리를 흐린다.

"왜요?"

"최고남 대표님, N탑 매니지먼트사업부 부문장까지 오르셨다면서요?"

"예."

"그거 쉬운 일 아니죠?"

"당연하죠. 더구나 최고남 나이가 몇 살인데. 고작 올해 서른셋이야. 이게 가능해? 미친 거지."

스무 살에 N탑에 들어가서 나이 서른에 부문장이 된 남자.

"그럼 그 정도 능력이면 투자도 많이 받고, 소속 연예인들도 많이 모아서 시작하지 않아요?"

전유라는 생각보다 작았던 사무실을 떠올리며 의아해했다.

"그게 다 N탑 눈치 보느라 그런 거예요."

"예?"

"작가님 머털도령 봤어요?"

김 피디는 팔짱을 낀 채로 의자에 등을 깊숙이 묻었다.

삐걱삐걱, 의자 목이 부러질 듯 휘어진다.

"머털도령이요?"

"세상에는 말입니다, 자신보다 재능이 있는 사람을 싫어하는 사람들이 많거든요. 하물며 그 재능이 주변까지 잡아먹을 정도로 무서운 기세라면, 더 싫겠죠?"

에둘러서 얘기했지만 전유라는 알아들은 눈치였다.

삐걱.

김 피디는 의자에서 일어나며 말했다.

"회의합시다. 우리 드라마, 대박 만들어야지."

제4장
—
부모 같은 매니저

"황 기자, 기사 고마워."

—알았으니까, 이런 거 말고 특종 줘요. 특종!

"기다려 봐, 내가 조만간 하나 줄 테니까."

—뭐 있어요?

"곧 연락할게."

나는 기분 좋게 통화를 끊고 새로 받아 든 공서의 수정본을 펼쳤다. 생각한 것보다 더 깔끔하게 나왔다. 전유라가 김 피디와 의견을 수렴한 결과였다.

"그럼 이제 좋은 대본도 나왔고, 좋은 피디도 준비됐으니 남은 것은 좋은 배우들인데……."

윤소림은 믿을 수 있지만 남자 배우인 송연우는 여전히 변수다.

하지만 그것까지 내가 컨트롤할 수는 없는 노릇이니 지금은 그저 제발 또라이가 아니길 빌 수밖에.

"이제 은별이가 남았네."

나는 어린아이 사진이 붙은 프로필을 눈에 담았다.

해맑게 웃고 있는 아이의 이름은 고은별.

앞으로 이 아이는 수년 안에 주목받는 스타가 된다.

초통령, 유튜버스타, 타임지가 선정한 주목받는 한국인 등등.

〈은별나라 은별공주〉라는 유튜브 채널을 운영하면서 은별이 장난감, 게임, 커버곡, 은별이 일상 같은 콘텐츠로 모두의 주목을 받을 날이 곧 오게 된다.

"하지만 지금은 나이 10세, 키 132㎝의 어린아이지."

나는 프로필과 함께 클립으로 고정되어 있는 계약서를 찬찬히 살폈다.

은별이의 계약은 참 애매했다.

퓨처엔터에서 매니지먼트를 하고 있는데, 소속은 N탑이었다.

[복잡하네요?]

저승이가 계약서를 훑어본다. 신기하게도 손동작을 휙휙 저을 때마다 종잇장이 바람에 밀리듯 넘어간다.

"어른들의 세계는 원래 그렇게 복잡한 법이다."

표면적으로는 독립하는 내게 N탑에서 일거리를 준다는 의도였지만, 실상은 내 고삐를 쥐고 있겠다는 의도가 숨어 있었다.

그러다 보니 이때의 나는 은별이를 진심으로 케어할 수 없었다.

설상가상으로 윤소림의 스캔들까지.

그래서 큰 인연을 만들지 못하고 헤어졌고, 그 일은 내게 있어 아쉬움으로 남아 있었다.

"은별이한테도 내 업보 있어?"

저승이가 수첩 같은 걸 뒤적인다. 대체 저기 뭐가 있나 싶어 기웃거렸지만 내 눈에는 그냥 흰 종이일 뿐이었다.

[정확한 수치는 실제로 봐야 알지만, 많아요. 축약해서 말하자면 재능을 못 알아본 업보, 그리고 지켜주지 못한 업보.]

"그렇구만."

[웬일이세요. 이번에는 순순히 받아들이네?]

"야, 나 그렇게 나쁜 사람 아니다. 사람들이 자꾸 나한테 악덕이네, 어쩌네 하니까 나도 악덕이 된 것뿐이야."

[미친놈도 자기만의 이유가 있다고 전에 얘기했던 것 같은데요.]

까칠한 자식.

[그래서 은별이한테 어떻게 하실 거예요?]

"뭘 어떻게 해. 지켜줘야지."

나는 프로필과 계약서를 내려놓았다.

내가 아니어도 어차피 은별이는 성공의 미래가 보장됐다고 볼 수 있었다.

다만, 그놈의 악플. 그 악플이 은별이를 무너뜨린다. 지켜주지 못한 업보란 그 얘기일 테지.

하지만 내가 그 악플들을 다 막아줄 수는 없을 거다.

대신에 그 악플에도 상처받지 않을 만큼 단단한 마음을 가질 수 있도록 보듬어줄 수밖에.

늘 그렇듯 시간이란 놈은 정말 빠르게 흐른다.

그 밖에도 자잘하게 내 주위의 업보를 해결하는 사이 어느덧 윤소림의 첫 대본 리딩이 다가왔다.

*　　　*　　　*

[공서 전체 대본 리딩]

일시: 2018.4.16.(월) 09:00~13:00

장소: 3층 대본연습실 A

담당: FD성보라 (02-2828-82XX)

대본연습실 앞은 시작 전부터 사람들로 웅성거렸다.

본격적으로 리딩이 시작되기 전까지는 인사가 멈추질 않는다.

스태프들은 정신없고, 배우들과 매니저들은 설렘과 긴장 속에서 속속들이 도착하고 있었다.

"안녕하십니까!"

〈공서〉에서 현아 역을 맡은 윤소림은 일찌감치 대본연습실에 도착했다. 여배우라면 응당 늦어도 된다는 소리는 옛말이었다.

요즘은 대본 리딩도 메이킹 촬영을 하는 시대라서 말 많고 눈 많은 곳에서 뭘 필요가 없었다.

"소림 씨, 뭘 벌써 왔어?"

빵모자까지 쓰고 멋 좀 낸 김재환 피디는 흐뭇한 미소로 물었다.

"벌써라니요, 일찍 와서 준비해야지."

"준비는 무슨. 듣자 하니 대본 토씨 하나 안 빠뜨리고 다 외웠다며?"

"에이, 그 정도는 아녜요."

무안해서 싱긋 웃는 그녀에게 배우들의 시선이 달라붙었다.

중견배우, 조연 배우 할 것 없이 그녀를 의식하고 있었다.

'애가 이쁘장하네.'

'이쁜 애야 널렸지. 쟤는 뭔데 신인이 주연 자릴 꿰차?'

'소속사 힘이 좋은가? 퓨처엔터? 첨 듣는 회사인데.'

'퓨처엔터 몰라? N탑 매니지먼트 부문장이 나와서 차린 데잖아.'

'N탑 부문장이 누군데?'

'최고남이라고 못 들어봤어?'

'그 최고남?'

'쟤가 최고남이 키우는 애래.'

'아아.'

눈에 띄지 않게 이어지던 속삭임은 윤소림이 풍성한 머리칼을 흔들며 배우들에게 다가가고서야 그쳤다.

"안녕하세요, 선생님!"

한 명 한 명, 깍듯하게 인사를 하는 그녀에게 싫은 내색을 할 사람은 없었다.

"소림 씨가 정말 싹싹하네요."

리딩 전의 화기애애한 분위기에 취한 전유라 작가는 턱을 괴고 그 모습을 흐뭇하게 바라봤다.

그녀가 지금 앉아 있는 자리, 꿈의 자리였다.

여기 오기까지 정말 얼마나 힘든 시간들이었던가.

그런데 왜 그 사람은 안 보이는 걸까.

"오늘… 최 대표님 오신다고 했던 것 같았는데."

그녀가 아까부터 대본 리딩실 입구를 기웃기웃하던 것을 알아챈 김 피디는 피식 웃으며 말했다.

"대표가 여길 오겠어요? 가오가 있지."

"또 그런가."

전 작가가 아쉬움에 빼죽 내민 입술만 꼼지락거리던 때였다.

"안녕하십니까!"

시원한 파란색 셔츠에, 잿빛 정장 바지 차림의 남자가 우렁찬 목소리로 대본연습실에 발을 디뎠다.

깔끔한 올림머리에 드러난 이마, 짙은 눈썹, 서글서글한 미소, 호감형의 얼굴을 가진 저 남자.

그 한 사람의 등장에 대본연습실 분위기가 달라졌다.

"뭐야, 진짜 왔어?"

김 피디가 반갑게 손을 흔들었다.

"예, 감독님! 잘 부탁드립니다!"

공과 사는 확실히 구분하는 최고남이었다.

사석에서와 달리 존칭을 입에 붙였다.

"뭘 소속사 대표까지 와? 이거 부담되게시리."

"우리 소림이 실수하면 혼내주려고 왔죠. 여기 계신 분들 피땀으로 만들 드라마인데, 실수하면 안 되죠. 물론 그럴 리는 없겠지만. 노력을 얼마나 많이 했는데요."

"하여간 말은 그냥."

기분 좋게 웃는 김 피디를 보며 최고남도 마주 웃었다.

그러자 김 피디가 입꼬리를 떨며 넌지시 찔렀다.

"요즘에도 달려?"

"달리다니 뭘 달려요?"

전 작가가 불쑥 끼어들었다.

"그런 게 있어요. 최 대표가 옛날에 육상부였대. 그래서 뛰는 거 하나는 기가 막히거든."

"피디님이 오늘따라 저한테 과하게 관심을 가지시는데요?"

최고남이 껄껄 웃었다.

"자, 그럼 다들 오신 것 같은데, 시작할까요?"

김 피디가 박수 두 번을 치자 분위기가 정리된다.

웅성거림이 잦아들고, 각자의 자리에 다들 앉았다. 함께 온 스태프들도 창가 자리에 엉덩이를 붙였다.

'이거 왠지 기분이 좋은데.'

김 피디는 대본연습실에 흘러온 봄의 햇살 앞에서 저도 모르게 미소를 지었다.

기분 좋은 시작이었다.

*   *   *

'어떠냐? 우리 소림이.'

[대박. 너무 재밌었어요!]

녀석을 뒤로하고 윤소림에게 다가가 엄지를 척 내밀었다.

"소림아, 잘했다."

윤소림이 수상쩍은 눈으로 나를 본다.

"왜 그렇게 봐?"

내가 뭘 잘못했나?

혹시, 사무실 냉장고에 있던 바나나우유… 그거 얘 거였나.

"사장님께, 칭찬 처음 받는 거라서요."

"그랬나?"

사람마다 각자의 역할이 있다.

어떤 사람은 칭찬해 주고, 어떤 사람은 혼을 내주고, 어떤 사람은 지적을 한다.

나는 주로 지적을 하는 역이었다.

실없는 칭찬은 득보다 독이 된다고 여기는 편이었으니까.

하지만 이제는 아니다. 칭찬만 해주기에도 모자란 것이 시간임을 알았다. 곁에 없는 사람에게 칭찬을 할 순 없는 노릇이다.

그래서 잡티 하나 없이 맑은 얼굴의 윤소림을 한 번 더 눈에 담고 나서, 함께 온 퓨처엔터 식구들을 바라봤다.

"차 팀장."

스타일리스트 차가희.

핸드폰을 보던 그녀가 벌떡 일어났다.

"예, 사장님!"

"이사 가는 건 이따 알아보고 일할 때는 일해야지."

휴식 시간이면 배우에게 칼같이 붙어야 할 게 스타일리스트다.

서둘러 윤소림에게 다가온 차가희가 눈썹을 껌뻑거린다.

"사장님, 저 이사하는 거 어떻게 아셨어요?"

어떻게 알기는.

부동산 끼지 않고 중고나라 거래하듯 직거래로 알아보다 보증금 날려먹었던 그녀였다.

그래서 내 기억 속 그녀는 회사에서 석 달을 숙직하던 진상 중에 상 진상 직원이었다. 그랬는데, 알고 보니 얘도 나한테 업보 지수가 있지 뭐야. 황당, 황당 그 자체.

"야, 직원이 몇이나 된다고 내가 그거 하나 모르겠냐."

핀잔주는 척 의구심을 날려 버리고 다시 말했다.

"몇 푼 아낀다고 직거래하지 말고, 꼭 부동산 껴서 해. 내가 수수료 보태줄 테니까."

"정말이세요?"

"속고만 살았냐."

눈을 동그랗게 뜬 그녀의 이마를 톡 두드렸다.

"사장님, 감사합니다!"

감사하긴.

회사에 무전취식자 한 명 들여놓느니 돈 좀 보태서 내보내는 게 백번 낫지.

그때 생각에 고개를 절레절레 흔들면서 화장실로 향했다.

리딩 순탄하고, 촬영 일정도 넉넉하고.

모든 것이 순풍에 돛 단 듯 흘러가고 있다.

"어디 가세요?"

마침 전유라가 웃으며 다가왔다.

『전유라 : 신미(辛未)년 갑오(甲午)월 을해(乙亥)일 출생』

『운명 : S』

『현생 : C』

『업보 : 130』

『전생부(前生簿) 요약 : ······.』

업보가 또 줄었다.

"화장실이요."

"진작 좀 가시지. 2부 리딩 시작해야 하는데."

"하시면 되죠. 저 있어봤자 뭐 한다고."

"빨리 오세요. 대표님 없으면 왠지 찜찜하니까."

전 작가의 미소가 과할 정도로 짙다. 수치로 따지자면 호감도 90프로쯤은 될 것 같다.

"작가님."

나는 그녀를 다시 불러 세웠다.

"예?"

"수정고, 정말 좋더라고요."

2부작 별 볼 일 없는 단막극이 소장 가치 있는 단막극으로 변했다.

특히 마지막 신이 정말 좋다.

"그래요?"

"역시 갓유라."

"예?"

마스카라 짙은 눈이 토끼 눈이 됐다.

"가, 갓유라는 무슨. 아후, 왜 그래?"

부끄러워서 몸을 가누질 못하는 그녀를 눈에 담고 화장실로 향했다.

[사람 쉽게 안 바뀐다니만 표정 보니 잘만 하시네요.]

"내 표정이 어때서?"

[뭐랄까. 바퀴벌레를 잡으려고 에프킬라를 뿌렸는데, 이놈이 죽지는 않고 갑자기 달려들었을 때의 그 소름이라고 할까?]

"인간 세상에서 좀 뒹굴더니 말이 청산유수네, 그냥. 근데 계속 따라 들어올 거야?"

[안 봅니다. 아무리 팬이라도 제 눈은 소중하니까.]

화장실 좌변기에 앉자마자 깊이 숨을 몰아쉬었다.

저승이도 밖에 있고 오로지 혼자가 되니 들뜬 기분이 가라앉는다.

하지만 저승이와 너무 오래 떨어져서는 안 된다.

뒤늦게 들은 얘기지만 관리자가 항상 붙어 있지 않으면 먼저 기척이 사라지고, 더 나아가 몸에서 영혼이 빠져나올 수 있다고 한다.

한마디로 저놈은 나한테 전자발찌 같은 놈이다.

내 신세야.

그나저나 윤소림의 업보지수는 얼마나 될까.

그동안 일부러 보지 않았는데 조금 궁금해졌다. 아니다. 보지 말자. 그 아이한테는 그런 거 아무래도 상관없다.

'천천히 하자. 천천히.'

어차피 죽은 목숨.

더할 나위 없이 마음이 가라앉는 이때, 화장실 문소리와 발소리에 이어서 철컥 소리가 들렸다. 그리고 발소리가 들리니 칸막이를 하나하나 확인한다. 내 앞에까지 소리가 들리다가 멈췄다.

"하, 몸매 개쩌네."

송연우?

"윤소림 쟤 뭐야? 졸라 맛있게 생겼는……."

갑자기 열이 확 오른다.

이런 개자식을 봤나.

쾅!

*　　　　　　*　　　　　　*

『송연우 : 을해(乙亥)년 임오(壬午)월 경오(庚午)일 출생』

『운명 : B』

『현생 : C』

『업보 : 120』

　이 녀석은 B 등급이다. 현재는 C.

　하지만 그게 문제가 아니다. 나와 저승이는 전생부에서 눈을 떼지 못했다.

　『전생부(前生簿) 요약 : 가까운 생은 노비의 자식이었다. 전생의 업보로 인해 시작부터 험난하였다. 하나 좋은 부모를 점지해 준 삼신 덕에 바르게 자랐다. 이름은 돌쇠, 기골이 장대하고 외모가 수려하였으나 신분으로 인하여 뜻을 펼치지 못하였고 안타깝게도 여색에 빠지게 된다. 결정적으로 마님의 유혹에 빠져서 멍석말이로 생을 마감하게 된다. 그 과정은……..』

'대박. 노비였어?'

[심지어 마님의 유혹이랍니다.]

"죄, 죄송합니다!"

전생부에 빠져 있다가 송연우의 겁에 질린 목소리에 정신이 들었다.

나는 머뭇거리는 녀석을 뒤로하고 세면대에 손을 가져갔다.

촤아!

물소리 속에서 천천히 손을 닦고 거울에 비친 송연우를 향해 빙긋 웃었다.

"우리 소림이가 많이 예쁘지?"

"아… 그게, 죄송합니다."

"죄송은 무슨. 사내새끼가 그럴 수도 있지."

휴지를 한 장 뽑아 손을 닦으며 물었다.

"너 호빠 출신이라며?"

"예?"

"뭘 그렇게 놀라. 이 바닥에 비밀이 어디 있다고. 너 말고도 많아. 그쪽 출신."

다만 그런 놈들은 알아서 제 앞길 관리하는데, 이런 캐릭터는 또 처음 본다.

아니면 전생 탓이려나.

전생부를 읽어서인지 송연우를 향했던 분노가 사그라든다.

나는 녀석에게 다가갔다.

이런 잔챙이는 그냥 짧고 굵게 끝내는 게 좋다.

쉽고 깔끔하게 송연우의 아랫도리를 단숨에 붙잡았다.

"흐허헉!"

숨조차 토하지 못한 송연우는 급속 냉동이 된 새우처럼 몸을 움츠렸다.

"난 네가 호빠 출신이라는 거 1도 관심 없어. 근데 우리 소림이 앞에서 발정 난 개처럼 이거 흔들어대면 인생 조질 줄 알아. 내 모든 걸 걸고, 5천만 전 국민이 호빠 출신 배우에 대해서 알게 될 거야. 알겠어?"

"예, 예! 으헉!"

"움직이지 마."

느낌 이상하니까.

"예, 예!"

"그리고 너, 소림이하고 키스씬 찍을 때 그 혓바닥 움직이면 죽는다. 알겠어?"

"예, 예!"

나는 손아귀에 담긴 힘을 천천히 풀었다. 아마 송연우에게는 백만 년 같았을 시간이 지나고서야, 구부러진 녀석의 등을 툭 내려치고 말했다.

"너 입 냄새 많이 난다. 키스씬 찍기 전에 입 청소 단단히 해 둬. 우리 배우 구내염 옮으면, 그때도 뒤질랜드 가는 거니까."

찝찝함이 묻은 손을 탈탈 털며 화장실을 나왔다.

후.

왠지 기분이 상쾌하다.

*   *   *

윤소림은 별 탈 없이 대본 리딩을 마칠 수 있었다.

"근데 송연우 씨 좀 이상하지 않았어요? 식은땀 엄청 흘리던데."

1부 때와 달리 남주인 송연우가 대사를 많이 씹어서 분위기가 이상해졌었다.

대신 그 덕에 윤소림은 여주로서 확실하게 눈도장을 찍은 시간이었다.

"무슨 상관이야. 우리 일만 신경 쓰면 되지. 가희, 너는 아까 대표님 말씀 들었지? 스타일 팀 소림이 봄여름 콘셉트 잡은 거 대표님께 보내주고, 촬영 의상 필요한 거는 제작진 측에 물어보라는 거."

유병재는 최고남의 말을 적은 노트를 보며 말했다.

"어, 그러지 않아도 제작진 미술 팀에서 시안 보내줬어요."

"오케이. 그럼 됐고……."

"근데, 사장님 요즘 왜 그렇게 바쁘게 움직이시는 거예요?"

"글쎄다. 요즘 흥이 넘쳐."

대수롭지 않게 대꾸하는 유병재의 모습에 윤소림이 고개를 갸우뚱한다.

"근데 사장님 오늘 어디 가신 거예요? 연애하세요?"

"연애는 무슨. 오늘 은별이 운동회도 있거든. 거기 가시는 거야."

"지금요?"

"얼굴이라도 비치려는 거지."

유병재는 차 키를 꺼내며 하늘을 바라봤다.

푸른 하늘, 따뜻한 봄, 운동회 하기 딱 좋은 날씨였다.

"아무튼 사장님이 소림이 너, 진짜 많이 신경 쓰는 거야. 알지?"

"알죠. 그래서 저 꼭 보답할 거예요."

봄바람이 윤소림의 하얀 치마를 흔들고 지나간다.

"보답 같은 거 됐고. 스캔들이나 만들지 마."

"에이, 실장님이 항상 감시하는데 그럴 시간이 어딨어요?"

"어쭈? 여유 있으면 하겠다는 거 같다?"

"그럴 시간 없는 거 아시면서. 그리고 제가 무슨 금사빠인 줄 아세요. 연애를 그렇게 뚝딱하게?"

일이 잘 풀리니 티격태격 농담이 절로 나온다.

"다들 안전띠 맸지?"

스타일리스트 차가희가 머리카락을 풀럭이며 조수석에 탄다. 그러고는 안전띠를 두르고 크게 외친다.

"가자, 밥 먹으러!"

*   *   *

"안녕하세요, 은별이 할머님."

대본 리딩이 끝나자마자 한달음에 초등학교 운동장으로 달려왔다.

[날 좋네.]

이런 날에 저승사자를 대동하고 아이들의 운동회에 찾아온 거다. 부모들이 알면 기겁을 하겠네.

[은별이는 트랙에 있는데요?]

저승이 덕분에 헤매지 않고 운동장 트랙으로 향했다.

[은별이는 어떤 아이예요? 기억하세요?]

"기억나지 그럼. 예쁘고 끼가 넘쳤어. 부모님을 일찍 여의긴 했지만 주눅 든 것도 없었고."

[흠, 그렇군요.]

"나, 궁금한 게 있는데 지난번에 말하는 거 보면 환생이 있는 것 같은데 말이야. 그럼 꿈에서 조상 만나고 돌아가신 부모님 만나고 하는 거는 그냥 꿈일 뿐이냐? 아니, 그렇잖아. 환생했으면 저승에도 없는 건데."

[시(時)와 공(空)은 상대적인 개념입니다. 아저씨의 왼쪽에는 지금 여자아이가 서 있지만, 아저씨가 물구나무를 서고 있다면 그 왼쪽에는 웬 모르는 아저씨가 서 있겠죠. 그렇듯 현생과 사후의 시간은 달라요. 미래에 죽었지만 아저씨가 여기에 있듯이 말이죠. 그럼 여기는 과거일까요, 현재일까요?]

매트릭스 찍냐 인마.

"아이구, 대단하시네요. 그럼 닭이 먼저냐 달걀이 먼저냐?"

[진화학적으로 보면 최초에 알을 낳은 생물은 닭이 아닐 가능

성이 높죠. 알이 부화하고 진화 과정을 거치면서 닭이 된 거란 설이 유력합니다.]

"너, 정체가 뭐냐?"

운동회까지 와서 머리 복잡하게 내가 왜 저런 소리를 듣고 있어야 하는지 모르겠다.

나는 고개를 절레절레 흔들면서 은별이를 찾았다.

얼마 못 가서 몸집은 작지만 강단 있어 보이는 할머니를 볼 수 있었다. 은별이 할머님이었다.

"할머님!"

"뛰어왔수? 땀이 흥건하네."

"그러게요."

땀 식힐 겨를도 없이 바쁜 하루다. 저승이의 뇌섹남 자랑에 땀이 더 났다.

나는 이마를 쓸어 올리고 은별이 할머니와 제대로 눈을 마주했다.

작고 왜소한 분이었지만 내 위아래를 훑는 돋보기안경 속 눈빛은 단단했다.

"근데 어쩐 일이슈? 우리 은별이는 전혀 신경 안 쓰시는 줄 알았는데."

탐탁치 않은 얼굴에 불만까지 서린 말투다.

예상대로, 회사가 은별이를 제대로 케어하지 못하다고 있다고 여기는 것 같았다.

"죄송합니다. 앞으로는 제가 항상 신경 쓰겠습니다."

속마음을 꺼내 보일 수는 없지만 진심이었다.

"사실 섭섭해. 이럴 줄 알았으면, 거기랑 계약 안 했지. 딴 곳에서 스튜디온가 뭐시긴가 지원해 준다고 했을 때 계약할 걸 그랬어."

화창한 봄날의 운동회.

운동장에서 까르르 웃고 있는 은별이를 보니 할머니의 섭섭한 마음이 백번 이해된다. 큰 눈에, 하얀 피부, 머리를 곱게 땋은 모습은 주머니에 넣고 싶은 인형 같았다.

"죄송합니다. 앞으로는 할머님 걱정하실 필요 없게 제가 은별이를 정말 신경 써서 관리하겠습니다. 공부도 열심히 하게 하고, 노는 것도 열심히, 일도 열심히. 제 딸처럼 알뜰살뜰 보살피겠습니다."

할머니가 눈살을 찌푸린다.

"젊은이가 무슨 은별이만 한 딸이 있다고. 여튼, 도시락은 잘 먹었수."

"제대로 왔나요?"

오늘을 위해서 학교 근처 도시락집에다 선생님들과 은별이 반 친구들 것까지 100인분의 도시락을 주문했다.

"그렇게까지 안 해줘도 되는데."

조금은 누그러진 할머니의 모습에 겨우 한숨을 돌리고 주변을 돌아볼 여유를 가질 수 있었다.

애들이 바글바글, 부모들이 바글바글, 형형색색 만국기에 텐트까지. 보기만 해도 활기가 넘쳐흐르는 운동장이다.

"은별이 삼촌은요?"

부모님을 일찍 여읜 은별이는 삼촌과 할머니가 보호자였다.

그래서 할머니가 돌아가셨을 때… 내가 지금 무슨 소리를 하는 거야. 아직도 나에게는 악덕의 기운이 남아 있는 모양이다.

"저기 있잖아?"

할머니의 시선을 따라가니 운동장 트랙에 트레이닝복 차림의 은별이 삼촌이 보였다.

"조금 뒤에 아빠와 함께하는 달리기 시합이 있거든."

은별이 삼촌은 자신만만한 표정으로 스트레칭을 하고 있었다. 하지만 다른 애들의 아버지들보다 뱃살이 두 배, 아니, 세 배는 되어 보였다.

"삼촌이 달리기 좀 하나요?"

슬쩍 물었더니, 할머니 눈이 가늘어진다.

"나도 그게 궁금해서 이러고 있어. 저놈 뛰는 것을 한 번도 본 적이 없거든."

"안 되겠네요."

[뛰게요?]

나는 손목시계를 풀고 은별이 삼촌에게 다가갔다.

"삼촌은 좀 쉬시죠. 제가 달리겠습니다."

"아, 대표님이시네요. 근데 안 될 말이죠. 내가 오늘을 얼마나 기다렸는데."

"오다가 초밥 사 왔는데. 도시락으로는 모자랄 것 같아서."

"꼭 이기시오."

초밥을 향해 달려가는 모습을 보니 내 선택이 백번 옳았다는 생각이 든다.

아무튼 스트레칭을 하기 시작했다.

멀리서 은별이가 그런 나를 바라본다. 그래서 윙크를 슬쩍 해봤다.

『고은별 : 기축(己丑)년 무진(戊辰)월 을미(乙未)일』
『운명 : SS』
『현생 : A』
『업보 : ??』
『전생부(前生簿) 요약 : ???』

[헐, 저 저승사자 생활에 투에스 등급은 처음 봐요!]
나도 처음 본다.
"근데 왜 다 물음표냐?"
업보도 그렇고, 전생부도 그렇고.
[세 가지 경우예요. 하나는 아저씨와 상관없는 업보거나, 하나는 표시할 수 없을 정도로 많을 때, 나머지 하나는 아저씨에게 허락되지 않은 중요한 항목일 경우.]
왠지 두 번째 같다.
젠장.

*   *   *

"으웩! 저 아저씨 지금 윙크한 거야?"
"왜 저러냐?"
친구들이 사장님을 관찰한다.

키는 어떤지, 얼굴은 어떤지, 뺀질뺀질한지, 어려 보이는지.

그런 모든 것들을 감안한 끝에 등급이 나왔다.

"B."

"난 C."

"나도 B."

B 둘, C 하나.

그 말은 훈남 기준은 간신히 통과했다는 거다. 삼촌은 D였다.

"은별이 넌?"

"난 D."

쿨하게 대답하고, 은별이는 사장님을 바라봤다. 자신에게 D를 준 것도 모르고, 그는 미소를 활짝 지은 채 손을 흔들고 있었다.

"은별아, 저 아저씨 웃는 모습 조금 귀여운데? 멍구 닮은 것 같지 않니?"

'원래 웃는 건 다 괜찮아. 웃는 모습 안 예쁜 사람 없어'라고 엄마가 그랬다.

"아 배고프다."

뚱뚱이 친구가 배를 두드린다.

"은별이 도시락 또 먹고 싶다. 아흠… 저 냄새!"

"남은 거 있어. 달리기 끝나면 그거 또 먹자!"

은별이의 말에 뚱뚱이 친구가 코를 훌쩍이며 웃는다.

"근데 은별이 너, 매니저랑 같이 뛸 거야?"

"응."

"에이, 부럽다. 난 우리 아빠 어떻게 하니. 노답, 노답."

뚱뚱이 친구의 아빠도 뚱뚱했다.

—아아, 곧 5학년 달리기 시합이 있습니다. 1반 학생들과 부모님들은 스탠드 왼편으로 모여주세요!

확성기에서 퍼진 소리에 은별이는 입술을 쪽 빨아들이고 눈치를 살폈다. 다른 친구들 아빠들이 몸을 푼다. 그런데 은별이는 아빠가 없으니까. 그래서 매니저랑 뛰기로 했는데.

"은별아, 가자."

다가온 사장님이 무릎을 굽힌 채 얘기했다.

"사장님이 뛰시게요?"

"왜? 안 돼?"

은별이가 눈을 가늘게 떴다.

이 아저씨와 함께 달리기라. 뭐 콘텐츠로는 나쁘지 않다.

중간에 넘어지면 더 좋고.

최근 일상을 촬영하면서 여러 가지 아이디어를 내고 있는 은별이었다. 오늘 운동회도 카메라 스태프가 촬영하고 있었다.

"좋아요."

쿨하게 허락하자, 사장님이 손을 내밀었다.

'뭐야. 내가 강아지도 아니고.'

기분 나빠서 새끼손가락으로 손을 붙잡았다.

"자, 여러분! 규칙 알려 드리겠습니다. 먼저 학생이 30미터를 뜁니다. 그런 다음 아버님들이 운동장 두 바퀴를 뛰시면 됩니다. 아버님들, 힘내세요!"

여기저기서 아빠들이 너무하다고 한 소리다. 이 나이에 두 바퀴를 어떻게 뛰냐고. 너무 과대평가하는 거 아니냐고.

"1반부터 하실 거고요, 각 반 1등 중에서 최고 기록을 내신 아버님하고 학생이 전체 1등인 겁니다? 상품은 두구두구두구······."

은별이는 첫 번째 순서.

"자! 우리 학생들과 아빠들, 준비 끝나셨죠?"

선생님이 장난감 총을 하늘을 향해 뻗었다.

은별이도 포즈를 취했다. 두 주먹을 꼭 쥐고, 앞으로 튀어 나갈 자세를 하고, 그런 다음 숨을 흡!

탕!

제5장

―

어쩌면 운명은
미꾸라지일지도 몰라

친구들의 응원, 얼굴에 닿는 바람, 운동장 트랙의 부드러운 지면이 운동화에 느껴진다.

다다다다.

있는 힘껏 달렸다. 저기에 매니저가 손을 뻗고 있다.

하지만 친구들이 은별이보다 빠르다. 벌써 어떤 친구의 아빠는 저 멀리 가고 있었다.

결국 꼴지로 찰싹! 마침내 은별이가 사장님의 손바닥을 터치했다.

"우오오!"

갑자기 주변에서 탄성이 터졌다. 사장님이 엄청난 속도로 튀어 나갔다. 순식간에 눈에서 멀어지는 등.

50미터, 100미터, 150미터, 200미터, 벌써 한 바퀴.

50미터, 100미터······.

은별이는 넋이 나가서 멍하니 사장님을 바라봤다. 지금 순간, 친구들의 박수 소리도, 바람 소리도 들리지 않았다.

마치 모든 것이 느린 세상에 갇힌 것 같았다.

필름이 천천히 돌아가듯, 동영상 재생 속도를 느리게 설정한 듯. 이 낯선 슬로모션이 은별의 눈에 각인되고 있었다.

팟! 팟!

머리카락이 흩날리는 모습이······.

흔들리는 두 팔의 움직임이······.

팟! 팟!

한 치의 오차도 없이 반복돼 그녀에게 달려오고 있었다.

트랙을 박차는 사장님의 모습.

저 발길이 닿는 운동장 트랙이 초록색으로, 빨간색으로, 파란색으로······.

마치 그렇게 보이는 것 같았다. 또 뛰고, 또 뛰고, 그의 발걸음 한 번에 은별의 심장이 두근거린다.

그가 가슴을 내민 순간 총소리가 울려 퍼졌다.

탕!

결승점의 하얀 선이 그의 가슴에 닿아 출렁. 그 순간 은별이는 정신이 번쩍 들었다.

멈췄던 바람이, 소리가, 세상이 다시 그녀를 중심으로 빠르게 돌았다. 쏴아 휘몰아친다.

"와아아아!"

"은별이 사장님, 최고다!"

"완전 대박!"

친구들의 목소리도 들린다.

그가 다가온다. 은별이의 심장 소리가 더 커졌다. 한 발자국에 쿵 소리가, 두 발짝에 쿵쿵 소리를 내며… 쿵.

"은별아, 우리 1등 했다!"

사장님이 말했다.

충격이었다.

*   *   *

「N탑 부서 회의」

"오복성?"

테이블에 놓인 남자 연습생들의 사진.

N탑의 차세대 남자 아이돌그룹이 될 다섯 명의 연습생들은 평균 연습 기간 5년을 거쳤고, 최근 1년은 특별 관리를 받아왔다.

"예, 다섯 개의 별이 되라고."

N탑에서는 아직도 새로운 팀을 론칭할 때 대표가 정한 몇 개의 팀명을 직원들이 투표로 선택하는데, 대체로 상상 그 이상의 팀명이 나오곤 했다.

오복성이라니.

노래 부르다 짬뽕 곱빼기 시킬 판이다. 차라리 북극성이 백번 낫지.

"그럼 이렇게 팀명 다섯 개 해서, 직원들 투표 시작하겠습니다."

"그렇게 해."

백대식 본부장이 테이블을 톡 두드리고 연습생들 사진을 밀어냈다.

팀명을 정하는 것은 어차피 그의 일이 아니었다.

대표 연성만의 고유 권한이기에 딱히 신경 쓸 필요가 없었다.

오복성이든 북극성이든 어차피 큰 차이도 없고, 애들 관리 역시 시스템화가 된 지금은 일일이 들여다볼 필요도 없었다.

지금 그의 관심은 오로지 회사뿐.

대표 연성만이 96년 자본금 5천만 원으로 세운 N탑.

N top JAPAN Inc. (일본)

N top ACTORS Inc. (배우 전속)

N top ACADEMY (교육생들)

N top E&M (방송미디어 제작)

올라잇프로덕션, 라인엔터, 스넥탑, 봉자 등등…

아시아의 한류를 견인하는 엔터계의 공룡은 2018년 현재 공식적으로 32개 계열사를 거느리고 있으며 직원 수는 500명이 넘는다.

그런데 이 공룡의 등에 한자리 얹기가 참 요원하단 말이지.

"최고남은 요즘 뭐 하고 있어?"

N탑 최연소 부문장에 올랐던 남자.

현재는 퓨처엔터라는 구멍가게 사장이 된 그를 윗선에서는 많이 불편해하고 계신다.

"요즘 정신없이 뛰어다닌다고 합니다. 윤소림은 KIS 단막극에 꽂았고, 은별이는……."

"은별이?"

"지난 분기에 저희와 계약한 유튜버 말입니다. 왜, SNS에 바다 포도 먹는 동영상 올렸다가 화제가 된 아이 있잖아요?

"아. 기억난다. 걔네 할머니가 보통이 아니었지?"

"그랬죠. 애를 케어할 생각이 있는 거냐고 막 따지시기도 했고. 얼마 전에도……."

매니지먼트 1팀장이 쓸데없는 얘기를 늘어놓자 백대식이 손을 내저었다.

"그래서 그 애가 어떻다고?"

"퓨처엔터에서 은별이가 쓸 스튜디오를 얻는다고 연락이 와서요. 저희가 투자 비용의 반을 부담하기로 계약이 돼 있으니까."

5분짜리 동영상 하나가 수천만 원, 수억 원의 부가가치를 창출하는 시대에서 1인 미디어 시장은 이제 간과할 수 없는 시장이었다.

하지만 은별이는 고작 열 살.

백대식은 잠시 생각하다가 입을 열었다.

"뭐, 걔는 알아서 하고. 윤소림이 나오는 단막극 담당 피디나 누군지 알아봐서 한번 만나봐."

"예, 만나서 잘 부탁한다고……."

"농담해?"

백대식의 눈빛이 변했다.

숱처럼 검은 눈썹은 일그러졌고, 각진 턱은 씰룩인다.

"생각 좀 하고 살자. 대표님한테 뭐라고 말할래? 우리 회사 연습생이었는데 최고남하고 나가더니 잘되고 있습니다. 이번에 단막극도 잡았고 앞으로 잘될 것 같습니다. 그래서 저희가 잘 부탁드린다고, 거기 피디 만나서 부탁도 좀 했습니다… 이럴까?"

"죄송합니다."

백대식은 혀를 차고 다시 말했다.

"대표님이 최고남 잘 지켜보라고 한 말이 무슨 소린지 모르는 놈은 당장 사표 내고 나가. 내가 실업급여는 타게 해줄게. 으이구."

백대식의 눈살이 찌푸려진다.

"피디 누군지 바로 알아보겠습니다!"

"됐어, 내가 이따 방송국 들어갈 거야. 니들한테 뭘 맡기냐."

이러다가는 공룡의 옆자리에 앉기까지 너무 오래 걸릴 것 같다.

＊　　　　＊　　　　＊

"어서오십시오!"

손님의 동선, 물건의 배치, 조명의 각도까지 철저히 계산된 명품 부티크 매장에 한 남자가 들어왔다.

쪽머리의 여직원들은 빠르게 남자를 스캔했다.

과연 저 사람은 얼마를 어떻게 쓸 수 있는 사람일까.

웬만한 사람은 소화하기 힘든 하얀 바지와 갈색 구두, 옅은 패턴이 새겨진 스프라이트 셔츠는 단추 하나가 시원하게 풀어져 있었다.

"야야, 텄다."

여직원 중 하나가 나직이 속삭였다.

"왜에? 스타일 좋은데."

"스타일이 좋긴. 손목 봐봐."

스타일만 두고 보면 패션을 좀 아는 개인 사업가 정도로 보였지만, 남자의 손목에 감긴 중저가 브랜드의 시계를 본 순간 여직원들은 애써 실망의 표정을 감춰야 했다.

짧은 평가가 허무하게 끝났는데, 남자는 딱 봐도 비싸 보이는 파란색 만년필이 보관된 진열장 유리를 두드렸다.

"이거 좀 보여주세요."

"손님 안목이 좋으시네요, 이번에 한정판으로 출시된 프리미엄 만년필입니다."

여직원이 환하게 웃으며 만년필을 꺼냈다.

한정판이라는 글자에 몇십만 원, 프리미엄이라는 글자에 몇십만 원이 더해졌을 만년필이 남자의 손길을 따라 매장 조명 아래에서 제 몸을 반짝였다.

"이걸로 주세요."

만년필 하나가 웬만한 직장인 월급 수준이지만 남자는 잠깐의 고민도 망설임도 없었다. 좀 전의 박한 평가가 송구스러울 정도였다.

"손님, 저희 매장은 캘리그래피 자격증을 보유한 직원이 선물 메시지를 정성스럽게 적어드립니다. 원하시는 문구가 있으시면……."

"아니요, 제가 직접 쓰겠습니다. 자고로 선물은 정성인데, 악필이라도 직접 쓴 글씨가 상대의 마음을 움직이는 거 아니겠습니까, 하하."

남자는 터프한 웃음과 함께 소매를 걷고 매장에 준비된 펜을 손에 쥐었다.

"소중하신 분께 드릴 선물이신가 봐요?"

여직원의 눈에서 호감 어린 시선이 흘러나온다.

남자는 미소를 짓고 고개를 끄덕이며 신용카드를 내밀었다.

"고객님, 계산 도와드리겠습니다. 평소처럼 일시불로 해드리면 될까요?"

당신을 인정합니다.

당신은 우리의 소중한 고객입니다.

이 정도는 일시불로 할 수 있는 능력 있는 남자니까요…….

여직원의 시선에는 제법 많은 뜻이 담겨 있었지만, 남자는 고개를 가로젓고 말했다.

"24개월 할부요. 무이자 되죠?"

잠깐 당황한 여직원이 정신을 차리고 대답한다.

"그건, 카드사에 직접 문의하셔야 합니다."

*　　　　*　　　　*

"뭐가 이렇게 비싸. 우리 직원들 한 달을 쇠고기 사줄 값이네."

[쇠고기 사준 적 없잖아요.?]

"지금이야 돈이 없어서 못 사주지. 완전 적자다, 적자."

마이너스통장에 카드 돌려 막기 하고 있다. 예비비도 곧 있으면 바닥날 것 같고.

"야, 로또 같은 거 당첨되면 그거 문제 생기냐?"

[아저씨의 운명에 로또와 밀접한 순간이 있었다면 가능해요. 스치는 순간의 운명은 잘하면 바꿀 수 있거든요. 거의 불가능하지만.]

"주식은?"

[명부 보니까 주식 머리는 없어 보이는데요? 작전주 덜컥 잡았다가 망한 적이 몇 번 있으시네요.]

아주 발가벗겨라.

[근데 그 선물, 전유라 작가한테 바로 줄 거예요?]

"선물은, 아무 때나 주는 거 아니다."

[그럼요?]

"두고 봐."

나는 근사하게 포장된 명품 만년필을 조수석에 내려놓고 방송국으로 향했다.

전유라가 많이 좋아하겠지? 업보지수 빵 되는 거 아니야, 이거?

300원짜리 문방구 볼펜으로 써도 같은 글씨겠지만, 명품 만년필은 전유라 작가에게 글씨 이상의 감동을 주게 될 것이다.

"수고들 하십니다!"

리딩을 마친 상황이라서 굳이 방송국에 들어올 일이 없었지만 가벼운 발걸음과 함께 제작회의실 문을 노크했다.

구수한 냄새를 풍기는 빵과 커피가 담긴 종이 캐리어를 양손 가득 들고 있는 내 모습에 회의실 여기저기서 의자 밀리는 소리가 들렸다.

"어쩐 일이세요?"

"어쩐 일은요, 섭섭하게. 우리 감독님과 작가님, 스태프들 고생하는 거 내가 뻔히 아는데 모른 척할 수 있나요? 여기 작가님 거, 캐러멜마키아토, 휘핑크림 듬뿍!"

나는 전유라 작가의 해맑은 미소 앞에 손수 커피를 챙겨 내밀었다.

"잘 마시겠습니다!"

"우리 감독님은, 아메리카노 샷 추가해서 진하게!"

"야야, 적응 안 돼. 요즘 왜 이렇게 오바야?"

김 피디가 투덜거리면서도 실실 웃으며 커피를 받아 들었다.

스태프들 커피까지 마저 뽑아주고 나서 이런저런 담소를 나누며 디저트 타임을 가졌다.

"그나저나, 나 솔직히 좀 실망했었어."

김 피디가 커피를 흔들며 눈썹을 들썩였다.

"뭐가?"

"그 최고남이 연습생 데리고 N탑 나왔다는 소리 들었을 때는 좀 실망했거든. 이거 뭐 매니저들 기본 코스도 아니고, 뻔하잖아? 연습생 데리고 나와서 독립하는 거. 최고남도 별거 없구나 했지."

김 피디 말대로 경력 좀 있는 매니저들은 대부분 똑같은 꿈을 꾼다.

독립.

하지만 나는 케이스가 조금 다르다.

N탑의 부문장이라는 자리는 앉아만 있어도 돈과 힘이 늘어나면 늘어나지, 줄어드는 자리가 아니었다.

"그냥 N탑에만 있어도 인생 펼 텐데 굳이 나와서, 그것도 연습생 한 명 딱 데리고 나왔다는 게 난 좀체 이해가 안 가더라고. 그래서 이 친구도 헛꿈이나 꾸는 낭만쟁이구나 했지."

김 피디의 디저트 타임 연사는 멈추지 않았다.

이 양반이 봄기운에 홀렸나 싶을 정도로 감상적인 얘기가 계속됐다.

"그런데 윤소림을 보니까 그게 아닌 거야. 낭만 찾아 무턱대고 나온 게 아니라, 몸이 근질거렸던 거야. N탑이 좁았던 거지. 최고남한테는 말이야."

이것 참.

커피하고 빵 하나에 칭찬이 무슨 메가톤급이다.

그런데 사실, 내가 N탑을 나와 독립했던 것은 그곳이 좁아서가 아니었다.

증명하고 싶었을 뿐이다.

나란 인간, 최고남을.

*　　　　　*　　　　　*

[공서팀 대본 회의중]

인쇄된 A4 용지 한 장이 붙어 있는 문 앞에서 백대식 본부장은 손을 주저했다.

'N탑이 좁았다고?'

그럼 그 좁은 N탑에서 겨우 본부장 자리에 오른 자신은 뭐란 말인가.

최고남이 현기증이 날 정도로 고공 행진을 하는 동안 그 모습을 부러워하며 지켜봤던 자신은 뭐란 말인가.

백대식 본부장의 턱이 일그러진다.

'공서… 어디 잘할 수 있나 보자고.'

그리고 그대로 발길을 돌린다.

감독이나 만나서 제안할 일이 아니었다. 그보다는 더 높은 사람을 만나야 할 것 같았다.

*　　　　　*　　　　　*

방송국에서의 담소 뒤에 나는 곧장 회사로 향했다.

해야 할 게 많다. 재정문제도 고민해야 하고, 은별이도 만나러 가야 한다.

하지만 방송국을 떠난 지 얼마 안 돼서 갓길에 차를 세웠다.

"뭐? 그게 무슨 소리야."

―아, 나도 모르겠다니까, 이게 어떻게 된 건지.

김 피디 목소리가 정신없었다.

"말이 돼? 감독이 모르는 일이 어디 있어?"

―나도 환장하겠다고! 위에서 하라는데 어떻게 해? 그것도 국

128　내 S급 연예인

장남이 직접 오더 내린 거라는데.

"대본 리딩까지 끝난 마당에 무슨 작가를 투입해? 그것도 단막극에."

대체 상황이 어떻게 돌아가고 있는 건지 모르겠다.

김 피디 말이 공서에 경력 작가를 투입한다는 소리였기 때문이다.

엄연히 작가가 존재하는 드라마에 경력 작가를 투입한다는 것은 이런저런 사정 다 떠나서 결국엔 방송국이 작가를 못 믿겠다는 얘기인데, 아무리 생각해도 이상하다.

투입하려면 진작 투입하든가, 대본 리딩까지 다 끝난 마당에 이럴 이유가 있을까.

─수정본이 공모전 성향과 많이 달라졌다, 이거야. 그렇잖아? 엄연히 심사평이 존재하는데 내용이 바뀌었으니까. 그래서 간부들이 태클을 거는 거지.

"솔직히 말해봐, 나한테 얘기 안 하는 거 있어?"

너무 이상한 일이어서 찔러봤더니, 김 피디가 머뭇거렸다.

─에이, 모르겠다. 백대식 왔다 갔대.

"백대식?"

룸미러에 비친 내 얼굴이 일그러졌다.

─뭘 했는지는 모르겠는데, 오전까지 아무 얘기 없다가 다이렉트로 얘기 내려온 거면 뻔하지. N탑에서 태클 건 거야.

"왜? 공서에 N탑 애들 누가 들어간다고⋯⋯."

나는 늘어진 말꼬리를 꽉 깨물었다.

N탑 출신이라면 한 사람밖에 더 있나.

'소림이지.'

나는 일단 끊어진 핸드폰을 놓고 조수석을 살폈다. 아직 전유라 작가에게 건네주지 못한 만년필이 담긴 쇼핑백이 눈에 들어온다.

[이거 큰일 아니에요?]

저승이도 사안이 심각함을 느끼는지 미간을 찌푸린다.

그러더니 수첩을 확인하고 중얼거린다.

[백대식 이 양반, 아저씨한테 장난 아니게 업보가 쌓였는데요?]

"설마 걔도 S급이냐?"

[그건 아니에요.]

룸미러에 비친 내 얼굴이 이번에는 웃고 있다. 우리의 지난한 시간들이 떠올라서 흥분을 감출 수가 없었다.

"잘됐네. 잘.근.잘.근 밟아줘야겠네."

한 번 밟아준 놈 두 번 세 번 밟아주는 것은 일도 아니지.

차에 다시 시동을 걸었다.

일단은 은별이를 보러 간다.

*　　　　　*　　　　　*

"얘가, 얘가. 왜 이렇게 넋을 놓고 있는 거야?"

운동회에서 최고남은 은별이에게 충격을 안겨줬다.

그건 마치 민트 맛 아이스크림을 처음 맛보았을 때의 느낌이랄까. 조금 다른 것은 입이 아닌 가슴에 담기는 아이스크림이라는 점이다.

"은별아!"

할머니가 애타게 은별이를 부르며 작은 등을 두드렸다. 아이는 두 손을 포개 턱을 얹고 상상의 나래를 펼치고 있었다.

"얘가 도대체 무슨 생각을 하는지 알 수가 없네."

기획 회의에 참석하고 싶다고 떼를 쓸 때는 언제고 집중을 못하고 있었다.

"계속하슈."

은별이 할머니는 유병재 매니저를 다시 바라봤다.

덩치와 다르게 순해 보이는데, 먹는 것을 보통 밝히는 게 아니었다.

"저희 대표님이 최대한 할머님 의견을 반영하라고 하셨거든요. 일단 원본 영상부터 보세요."

스마트탭을 두드리자 운동회 영상이 흘러나왔다. 최고남이 바람을 가르고 질주하는 장면이었다.

"다시 봐도 진짜 잘 뛰네."

"그렇죠? 저도 깜짝 놀랐어요. 대표님이 마치 우사인 볼트 같았다니까요?"

"그러니까, 이걸 편집해서 유튜브에 올린다는 얘기지?"

은별이의 일상을 촬영해서 올리자는 최고남 대표의 제안.

처음에는 반응이 없을지 몰라도 콘텐츠가 쌓이면 반응이 밀물처럼 밀려들 거라면서 당장 해보자고 했다.

"추진력은 와따네."

"하하, 저희 대표님이 추진력은 끝내주시죠."

"재밌긴 하네. 대표님이 은별이를 위해서 이렇게 달리는 걸 보니까."

"예, 저희도 직원들끼리 얘기해 봤는데 다들 재밌어하더라고요."

은별이 할머니가 긍정적인 반응을 보이자 유병재는 은별이를 향해 씨익 웃어 보였다. 하지만 은별이는 태블릿에서 눈을 떼지 못하고 있었다.

"은별아, 대표님 재밌게 나왔지?"

"얘가 오늘 진짜 왜 이러지? 은별아, 매니저님이 물으시잖아."

여전히 넋이 나가 있는 은별이의 모습에 눈썹만 치켜뜨던 유병재는 핸드폰을 확인하고 자리에서 일어났다.

"대표님 전화 좀 받고 오겠습니다."

"대표님?"

은별이가 눈을 동그랗게 뜨고 쳐다본다.

"어, 여기 오신다고 했거든."

"진짜요?"

최고남이 온다는 소리에 은별이는 열 살 인생 최대의 위기를 맞이한 기분이었다.

"할머니, 나 메이크업할래!"

"지금?"

"어어! 어서!"

떼쓰는 아이의 모습에 은별이 할머니가 마지못해 일어났다. 어린아이가 화장하는 건 반대지만, 스튜디오 촬영 때는 어쩔 수가 없다.

열은 화장이라도 했을 때와 안 했을 때의 차이는 크기 때문
이다.

은별이가 메이크업을 하러 간 동안 유병재는 스튜디오 밖으로
나와 전화를 받았다.

"예, 대표님."

        *   *   *

"뭘 이렇게 많이 사 오셨어요?"

"너 먹으라고."

간식거리부터 장난감까지, 계속해서 짐을 꺼내는 내 모습에
유병재가 입을 벌린다.

"장난감도 사 오셨네요?"

"그거 신상이라더라. 무슨 퍼즐 장난감이 20만 원이 넘냐, 참
나, 이거 잘 찍어서 조회수 최소 20만은 나와야 하는데."

유튜브에는 조회수 1에 1원이라는 공식이 있다. 실제로는 광
고 유무와 콘텐츠 종류에 따라 다르지만, 어느 정도 구독자가
차면 엇비슷하게 계산이 나온다.

"은별이는 스튜디오 마음에 든대?"

"예, 마음에 든대요."

지난번에 은별이 할머니가 스튜디오를 얘기해서 부랴부랴 얻
었다. 주먹만 한 공간에 월세가 무려 이백이 넘는 곳이었지만
뭐, 반은 N탑이 부담하니까.

주차장에서부터 낑낑대며 짐을 들고 스튜디오에 들어가자

은별이 할머니가 반겼다.

"뭘 이렇게 많이 사 오셨슈?"

"제가 좀 손이 큽니다."

나는 씨익 웃으며 짐을 내려놓았다.

"스튜디오 마음에 드세요?"

"그럭저럭."

빈말이라도 좀 좋아해 주시지.

더 크고, 조용한 곳이면 좋겠지만 일단은 이렇게 시작할 수밖에 없다.

"근데 우리 스타는 어디에 있습니까?"

"우리 스타?"

은별이 할머니가 눈꼬리를 쫑긋 올린다.

"은별이 말입니다. 우리 스타 은별이."

내 넉살에 은별이 할머니가 웃으며 은별이를 불렀다.

잠시 뒤, 끼익 문소리와 함께 은별이가 나왔다.

"어? 은별이 메이크업했네?"

나는 허리를 살짝 숙여 은별이를 바라봤다. 남들 눈에는 열 살짜리 어린 소녀로 보이겠지만, 내 눈에는 유튜버 스타 은별이가 비친다.

'이 아이는 너무 손대지 않아야 해, 어차피 뜰 애니까. 적당히 필요한 것만 챙겨주고, 옆에서 멘탈 관리만 해주면 돼.'

어차피 뜰 애.

그게 은별이다.

"우리 은별이 되게 예쁘다. 근데 너무 예쁘면 카메라가 다 못

잡는데. 이거 카메라 더 좋은 거 사야겠다?"

칭찬 앞에서 은별이는 톡 튀어나온 제 입술을 꼼지락거렸다. 전에는 별 표정이 없었는데, 지난번 운동회 이후부터 애가 조금 낯을 가리는 것 같았다.

"오늘 뭐 촬영하는 거야?"

나는 허리를 펴고 일어나 바로 본론에 들어갔다.

스튜디오 촬영이 궤도에 오르기까지는 당분간 직접 관리할 필요가 있었다. 소매까지 걷어붙이고 하나부터 열까지 꼼꼼히.

근데, 아까부터 은별의 눈동자가 나를 따라서 요기조기 움직인다.

"응?"

서류를 보다가 눈을 돌렸더니, 은별이가 눈이 마주치자마자 시선을 피한다. 왜 저럴까.

"병재야, 이 방을 호리존으로 꾸미자."

"도배할까요?"

"페인트 칠해. 친환경으로, 은별이한테 자극 없는 거로."

나는 스튜디오 곳곳을 누비며 폭풍 같은 지시를 내렸고, 유병재는 곁에서 한 자도 빼먹지 않고 노트에 받아 적었다.

1시간가량 머물다가 차 키를 다시 챙겼다.

"은별아, 대표님 가시는데 인사해야지!"

은별이 할머니의 목소리에 은별이가 쪼르르 달려왔다. 그러더니 우뚝 서서 나를 올려다본다.

"대표님, 저 할 말 있어요."

"할 말?"

"단둘이요."

"단둘이?"

무슨 얘기이길래.

일단 아이의 손을 잡은 뒤 아까 호리존으로 꾸미라고 했던 방으로 들어갔다. 아이는 머뭇거리더니 고개를 들었다. 큰 눈동자에 내 모습이 비친다.

"그래, 무슨 할 말?"

"대표님이 이제 저를 챙겨주시잖아요."

"그렇지."

"저 항상 신경 써주신다고 했잖아요."

"그렇지."

무슨 말을 하려고 이렇게 뜸을 들이는 걸까.

"그럼 저 결심했어요."

아이와 눈이 마주쳤다. 동그랗던 입이 모아지더니만.

"아빠!"

뭐, 뭐라고?

당황할 틈도 없이 은별이의 폭탄선언이 이어졌다.

"제 아빠 해주세요!"

[헐!]

*   *   *

「KIS 드라마국」

"안녕하세요, 국장님."

"뭐야? 너 여기 왜 왔어?"

한가로이 신문이나 넘기고 있던 방 국장이 내 얼굴을 보자마자 못 볼 것을 봤다는 듯 인상을 찌푸린다.

"아휴, 국장님께 인사드리려고 왔죠. 자식새끼 맡겨두고 이제야 찾아왔습니다. 죄송합니다!"

많이 무모하지만 KIS 드라마 국장실을 찾았다.

나는 이 바닥에서 테이프가 MP3가 되고, 화질구지 동영상이 블루레이 영상으로 공유되는 세상을 맞이했다. 그사이 얼마나 많은 사람들이 내 명함을 받았겠는가. 숱한 사람들이 내 명함을 받았고 내 술을 받아 마셨다.

지금의 국장이라고 다를까. 저 양반 역시 그중 한 사람이었다.

[이거 잘하는 짓인가요?]

'내가 생각해도 미친 짓 같다.'

N탑에 있었을 때나 국장이랑 호형호제지, N탑을 나와 독립한 지금은 여기에 오면 안 된다. 그게 상도의다. 치부책이라는 것은 써먹지 않고 손에 쥐고 있을 때 진정한 힘을 발휘하는 법이다.

[그래도 여기 사장님이랑 맞담배도 피웠다면서요?]

'그거야 N탑 옥상에서나 그랬지. 편히 피우라고 해서 피웠다가 쫄려 뒤지는지 알았다.'

역시나, 국장 얼굴이 붉으락푸르락이다.

"이 자식, 너 여기가 어디라고 와!"

"방송국 왔는데 그냥 가는 것도 예의는 아니지 않습니까. 인사만 드리려고 왔습니다."

"야, 이런 거 됐어! 가져가. 때가 어느 땐데 뇌물이야!"

과실주 한 병을 내려놓았더니 경기를 일으킨다. 하여간 이 새가슴.

"아휴, 이거 제가 직접 담근 거예요! 보세요, 상표도 없지."

물에 불려서 떼버린 지 오래다.

"이게 진짜. 네가 아직도 N탑 부문장인지 알아?"

"아니니까 찾아왔죠. 저, 오늘 옛날 생각이 나서 형님 찾아온 거예요. 우리 요 앞 추어탕집에서 한잔 꺾고 그랬잖아요."

지금이야 드라마국을 좌지우지하는 국장이지, 한때는 미꾸라지 튀김을 입안 가득 넣고 불만투성이던 평피디에 불과했다.

"됐으니까 가, 니 애 안 건드릴 거야."

"작가 투입된다면서요. 그러면 우리 소림이 분량 줄어들 거 뻔한데⋯⋯."

"분량이 왜 줄어? 주연인데."

"아, 국장님! 형님!"

"됐다니까!"

국장이 눈을 단단히 하고 마주 본다. 결심을 굳힌 모양이었다. 그렇다면 방법은 하나뿐이다.

나는 심호흡을 한 번 하고 외쳤다.

"형님, 이러시면⋯ 저 결심했습니다."

"뭘? 뭘?"

"자꾸 이러시니까⋯ 이 방법밖에 없네요."

"그러니까 뭘?"

[설마?]

저승이가 생각하는 그 설마가 맞다.

"아빠!"

소속 배우를 위해 새아버지를 맞이하는 것도 주저하지 않는 남자.

내가 바로 퓨처엔터 대표 최고남이다.

*   *   *

"뭐, 뭐, 뭐… 뭐라고?"

방 국장의 얼굴이 하얗게 질렸다.

말 한마디 던졌을 뿐인데, 세상에서 절대 들어선 안 될 말을 들은 듯한 얼굴이다.

"사랑합니다, 아빠!"

나는 무작정 그에게 달라붙었다. 이판사판 공사판이다. 국장 옆구리도 좀 간질이고, 입술에 실이라도 꿰맨 것처럼 싱글벙글 미소를 잃지 않았다.

"야, 이 징그러운 자식아! 저리 가!"

"사랑합니다! 사랑합니다!"

"너 진짜 왜 이러냐?"

"사랑한다고요!"

"너, 이거 반칙이야, 인마!"

방 국장은 부지런히 나를 밀어냈다.

"누가 제 일 때문에 왔습니까? 전 작가 때문에 왔지."

만약 이번 일이 내 문제였거나 소속 배우의 일이었다면, 내가 여기 있으면 안 된다. 드라마 꽂아달라고 방송국 국장을 찾아온다?

지금의 내가 그 정도로 힘이 있진 않지.

정말 중요한 일이라면 방 국장의 치부를 터뜨릴 수도 있겠지만, 그건 선전포고나 다름없다. 벼룩 하나 잡자고 집에 불을 지를 수는 없는 것 아닌가.

"김 피디가 부탁했어? 이 못난 자식이! 하여간 피디 망신은 혼자 다 시킨다니까."

"제가 국장님 보고 싶어서 왔습니다."

"아, 좀 나와봐. 목 타 죽겠네."

실랑이 끝에 방 국장이 두 손 두 발 다 들고 소파에 앉았다.

나는 쐐기를 박듯 씨익 웃으며 말했다.

"아빠, 저 커피 한 잔 주십시오!"

"너 아빠 소리 한 번만 더 하면 주둥이 쳐맞을줄 알아라. 아휴, 저 밉상."

김이 모락 피어오른 커피가 유리 테이블이 흔들릴 정도로 거칠게 놓였다.

"야, 니가 왜 난리야? 윤소림 안 건든다니까."

"형님, 이게 무슨 연속극도 아니고, 두 토막짜리 단막극에 경력 작가를 투입해요?"

일단, 다 제쳐두고 상식선에서 얘기해 보자는 거다.

"방향을 바로잡으려고 투입하는 거지. 엄연히 심사 위원들 심사평이 있는데, 대본 내용이 바뀐다고? 수상작이 수상작이 아니게 되는 거잖아, 이거!"

방 국장이 테이블을 땅땅 두들기고 짧은 다리를 꼬며 계속 말
했다.

"요즘 공모전으로 말 많은 거 몰라? 신인 작가 아이디어 빼돌
리네, 대본 빼돌리네 그런 얘기 나오는데, 방송 나가면 이거 백
프로 말 나온다? 애초부터 수상자 내정돼 있었고 대본은 방송국
에서 수정해 줬다고 말이야."

에이, 우리 솔직해집시다.

실제로 신입 작가들 아이디어 빼돌린 적 있었고, 수상작이 대
본 수정 들어간 적 많았다.

"언제였더라."

나는 커피를 입에 가져가며 미간을 찌푸렸다.

지금이야 눈만 찌푸려도 미간에 주름이 새겨지지만, 그때는
피부가 탱탱하고 젊었던 20대. 이왕 과거로 온 거 그때로 돌아갔
다면 어땠을까도 싶다.

"형님이 입봉 작가 몰래 경력 작가 투입해서 대본 고친 적 있
었는데… 그거 걸려 가지고 입봉 작가가 죽이네 마네 난리 쳤잖
아요."

"뭐라는 거야. 그 얘기가 갑자기 왜 나와?"

투덜거리면서도 방 국장은 그때가 생각나는지 입꼬리를 흔들
었다.

"형님이 술 취해서 그랬잖아. 드라마만 더 재밌어지면 되는 거
아니냐고. 그깟 글 몇 자 수정하는 게 뭐가 그렇게 자존심이 상
하는 일이냐고."

"그거야 그 작가가 하도 고집을 피워서……."

"그래요. 드라마만 더 재밌어지면 되지. 글 몇 자 수정하는 거 눈 한 번 딱 감으면 되는 거지."

"그래, 그때 그 작가 내 말대로 안 하고 계속 고집부리더니 지금은 펜대 내려놓고 동대문에서 옷 장사……."

"전유라 작가는 그렇게 했어요."

내가 툭 던진 말에 방 국장이 인상을 구긴다.

"전유라 작가는 그 자존심 죽이고 눈 딱 감고 책 뜯어고쳤어요. 양말 공장 시다 하면서 고기 먹고 싶은 거 참고 라면으로 버티면서 한 자 한 자 꾹꾹 눌러썼던 글자들인데, 내 말 듣고 고쳤어요. 수상작이니 재미가 있든 없든 어차피 제작될 드라마인데, 김 피디 설득에 넘어갔어요."

한 글자도 버리기 아까워서 목이 멘다는 게 작가들이다.

경력도 싫어하는 일을 신입이 했다. 쉽지 않은 일이었을 거다.

"에이, 커피 맛이 오늘 왜 이래."

"형님, 백 본부장이 뭐라고 했는지 모르겠는데, 이번 건 그냥 가죠."

"야."

내 입에서 백대식이 나오자 방 국장이 이마를 긁적인다.

"이거 우리 소림이 때문 아닙니다. 소림이야 뭐 딴 거 하면 되지. 근데, 방송국에서 작가 기죽이면 안 되죠. 싹수 보여서 뽑아 놓고는 키워주진 못할망정 입봉 작가 기를 죽여요? 우리 형님, 이거 가오 안 산다."

나는 커피를 한입에 털어 넣고 빈 잔을 내려놓았다. 시청자께

서는 눈이 똘망똘망해져서 이 상황을 관전하고 계시고. 방 국장
은 끙끙 신음 소리를 내며 생각에 잠겼다.

이 양반 오래 본 결과, 이 정도면 70프로는 넘어온 거다.

'백대식 이놈아, 넌 아직 멀었어.'

한때 N탑에 물먹은 적이 한두 번이 아니다.

하지만 이젠 아니다. 지금의 나는 N탑이 어떻게 움직일지 잘
알고 있는 데다, 이렇게 친절히 눈에 띄게 움직여 줄 거라고는
생각도 하지 못했다.

"그리고 이건 형님한테만 얘기하는 건데."

마지막 쐐기를 박을 차례다.

"뭐?"

"얼마 전에 종영한 드라마 있죠? 왜, 지남철이 나오는 거……."

나는 최근 있었던 일련의 과정을 방 국장에게 얘기했다.

지남철이 서브 남주로 포텐 터진 드라마가 바로 KIS 수목드라
마였다. 좋은 반응이 있는 만큼 KIS는 지남철과 좀 더 엮이고 싶
었고. 그 결과야 뭐.

"그거 진짜야?"

얘기를 다 들은 방 국장은 몇 번이나 되물었다.

나는 몇 번이나 고개를 끄덕여서 고급 정보에 대한 확신을 건
네줬다.

"시팔. 이번 주에 드라마 하나 더 도장 찍으려고 했는데."

좀 더 생각하던 방 국장이 넥타이를 느슨하게 풀고 입을 열었
다.

"고남아."

"예, 형님."

"이거 넥타이핀 말이다. 니가 나 국장 됐을 때 선물해 준 거야. 기억나냐?"

"알죠. KIS 인선 발표 난 신문 기사 딱 오려 가지고 액자 만든 다음에 형님한테 넥타이핀하고 같이 선물했잖아요."

"그래. 그 액자 아직도 거실 유리장 안에 있다."

다른 누구보다 먼저 찾아와 승진 축하를 해줬던 게 나였다.

"근데 말이다. 이 넥타이 왜 이렇게 무겁냐. 현장 뛸 때는 넥타이 매고 사무실에서 에어컨 바람이나 쐬면 원이 없겠다 싶었는데, 정작 그렇게 되니까 너무 무거워. 거추장스럽고 말이야."

현장에서야 현장 일만 신경 쓰면 된다.

현장 사람들만 신경 쓰면 된다.

하지만 사무실에서는 꽤 많은 걸 신경 써야 한다. 꽤 많은 사람들과 사소한 것들을 신경 써야 한다. 그 입장이라면 충분히 이해할 수 있었다.

"그럼, 형님."

"뭐?"

"오늘은 그 무거운 넥타이 푸시고, 나랑 같이 요기나 하시죠. 거기 추어탕 아직도 맛있어요."

나는 술잔을 꺾는 시늉을 했다. 그제야 방 국장 얼굴이 펴진다.

"니가 쏴라, 자식아."

"뭐 그까짓 것, 구멍가게 한다고 추어탕 한 그릇 못 사나?"

"전화 몇 군데 하고 바로 나가자. 이렇게 된 거, 너희 애국가 시청률 나오면 다 죽여 버릴 거다."

방 국장은 벽걸이 시계를 힐끗 쳐다봤다.

백 본부장한테 전화해서 그 제안 거절한 다음, 김 피디한테 전화해서 그냥 진행하라고 하고, 아래 애들한테 전화해서 지남철 건 멈추라고 얘기하고, 마지막으로 마누라한테 전화해서 오늘 일이 생겼다는 거짓말을 좀 해야 한다고 중얼중얼하는 방 국장의 모습에 나는 흐흐 웃었다.

"국장님!"

벽에 살짝 기대 수화기를 드는 그를 보는데, 국장실 문이 벌컥 열렸다. 김 피디였다.

"저 드릴 말씀 있습니다!"

얼굴을 보니 파업 들어가기 직전의, 각오 단단히 한 표정이었다.

"제작진 상의도 없이 경력 작가 투입한다는 거, 저 못 받아들입니다!"

방 국장은 어처구니가 없어서 물었다.

"그래서?"

"이거 노조에… 어라, 너 여기 왜 있냐?"

벽에 팔꿈치를 기댄 채 웃고 있는 나를 본 김 피디의 콧방울이 벌름거린다.

"참 빨리도 온다."

재밌는 거 다 지나갔구만. 안 그래?

[대박.]

*　　　*　　　*

홀쩍. 홀쩍.

"여기 있습니다, 작가님."

조연출은 전 작가에게 갑 휴지 하나를 새로 건네고 회의실을 빠져나갔다. 문 밖에 있던 스태프들이 걱정스럽게 전 작가를 바라본다.

촬영감독이 넌지시 물었다.

"아직도 그래?"

"예. 얼굴 탱탱 부어서 울고 있어요. 그 많은 눈물은 대체 어디에 담아뒀던 건지. 도통 멈추질 않네요."

전유라 작가는 경력 작가 투입 소식을 들은 순간부터 눈물바다에서 허우적대고 있었다.

"원체 작가란 사람들이 보통 감수성이 예민한 편이잖냐. 자존심이 갈가리 찢겼으니 당연한 일이지."

"그래도 피디님 올라갔으니까 해결하고 오시겠죠?"

"퍽이나. 지금도 찍혀서 목줄 잡혀 있는데, 입이나 제대로 털고 오겠냐? 목줄 잡아당기면 깨갱 해야지."

그런 상황에도 작가를 생각해서 두 팔 걷고 올라갔으니 좋은 감독이긴 한데, 세상 일이 그렇게 쉽지만은 않다.

"그럼 이제 어떻게 되는 거예요?"

"뭘 어떻게 돼. 전 작가는 병풍 되는 거고, 누가 올진 모르겠지만 새로 오는 작가는 나팔 부는 거고, 우리야 그냥 찍기만 하면 되는 거고."

생각보다 심플한 대답에 스태프가 입맛을 쩝 다신다.

어차피 단막극이니 대박이 터질 일은 애초부터 없고, 외주도 아닌 데다가 전유라 작가가 끗발 있는 작가도 아니다.

스태프들은 그냥 각자의 일을 하고 월급을 타 가면 될 일이었다.

"근데 감독님, 이거 N탑 때문에 이렇게 됐다는 건 또 뭐예요?"

김 피디의 전화 통화를 엿들은 조연출이 촬영감독에게 넌지시 물었다.

"너무 많이 알려고 한다."

연차 좀 있는 촬영감독은 더 얘기한들 시끄럽기밖에 더 한다는 걸 잘 알기에 이쯤에서 입을 다물었다.

그때, 엘리베이터 문이 열리고 김 피디와 최고남 대표가 모습을 드러냈다. 그 모습을 본 촬영감독은 고개를 갸우뚱했다.

"뭐야, 잘됐나?"

"예?"

직업이 직업인지라, 때로는 일상의 순간이 카메라 필름 돌아가듯 보일 때가 있었다.

지금 촬영감독의 눈에는 전쟁터에서 승리를 하고 돌아오는 듯한 두 남자의 모습이 슬로우 컷이 돼 비치고 있었다.

저 뻗은 다리, 당당하게 흔드는 팔, 심지어 머릿속에는 장기하의 신명 나는 노래 한 소절까지 깔린다.

"작가님은요?"

가까이 다가온 최고남이 묻자, 조연출이 회의실 안을 가리켰다.

　　　　*　　　　　*　　　　　*

　난리도 아니네.

　목화 재배 현장도 아니고, 눈물 콧물 잔뜩 묻은 하얀 휴지들이 둥글둥글 말려서 전유라 작가의 주위에 가득했다.

　드르륵.

　나는 의자를 빼서 전유라 작가와 마주 앉았다.

　얼굴은 띵띵 부었고, 안경에는 지문이 덕지덕지 묻었고, 눈시울은 새빨갛다.

　얼마나 울었는지 코가 고주망태 할아버지다.

　"어렸을 때 제가 시골 살았거든요? 겨울 되면 할 게 없으니까, 언 땅 삽으로 파서 미꾸라지 잡는 게 놀이였어요. 근데 이놈이 얼마나 미끄러운지 잡으려고 하면 쏙 빠져나가고, 잡으려고 하면 쏙 도망가고."

　옛날 옛적 호랑이 담배 피우던 시절 얘기를 하는 동안에도 훌쩍거리는 소리만 들린다.

　"작가님, 운명도 미꾸라지 같지 않아요?"

　잡으려고 하면 쏙 빠져나가고, 잡으려고 하면 쏙 도망가고.

　전유라 작가의 턱에 모인 주름이 흔들린다. 또 눈물이 터지려는 모양이다.

　"그러니까, 다음부터는 꽉 잡아요. 미꾸라지가 도망치지 못하게 꽉 잡으라고요. 제가 항상 도와줄 수는 없으니까."

　눈물을 글썽이던 전유라 작가가 고개를 들어 나를 바라본다.

"작가님, 지금 순간을 잘 기억해 둬요."
"이게 뭐 좋은 거라고 기억을 해요? 흐흑."
"갓유라 작가님의 흑역사로 남을 테니까요, 후후."
오직 한 사람, 나만이 기억할 흑역사니까.

제6장

—

뭣이 중요한디

좀 더 놀려볼까 했지만 방 국장 마음 바뀌기 전에 어서 일어
나 봐야 한다.

나는 테이블을 땅! 두드리고 일어났다.

"해결했어요. 〈공서〉 크레딧에 올라가는 작가 이름은 오직 한
사람, 전유라 작가님입니다."

놀란 얼굴이 제법 볼 만하다.

"그리고 이거."

가슴 안주머니에서 포장된 만년필을 꺼냈다.

선물은 아무 때나 주는 게 아니다. 상대방이 기억할 수 있는
특별한 순간에 줘야 한다. 그래서 첫 촬영이 끝나면 주려고 했
건만.

"이게 뭐예요?"

"이거 누가 작가님 팬이라고 대신 전해달라는데요?"

"누가요? 제가 팬이 어디 있다고?"

"무슨 소리를. 여기 1호 팬 섭섭하게."

나는 피식 웃고 회의실 문고리를 잡았다.

"다 해결됐으니까, 오늘 집에 가서 삼겹살에 소주 한잔하시고 털어내세요. 그럼 수고!"

딱 붙인 검지와 중지를 이마에 튕기고 밖으로 나왔다.

아마 혼자 남은 전유라 작가는 어안이 벙벙할 거다. 그리고 정신을 차린 뒤 선물 포장지를 뜯겠지. 그러면 투명 케이스에 담긴 최고급 만년필과 손 글씨로 적힌 메시지 카드가 눈에 들어오겠지?

「최고의 작가님과 최고의 순간을 함께하겠습니다.」

*　　　　　*　　　　　*

"조용히들 해!"

백대식의 목소리가 룸 안의 모든 소리를 일순 정지시켰다.

입술의 잔떨림을 밀어낸 그는 팔에 달라붙은 푹신한 여자를 밀어내고 전화를 받았다.

"국장님, 이거 약속이 다르잖습니까?"

―내가 언제 약속했어? 생각해 본다고 그랬지.

"국장님!"

—아무튼 없던 일로 하자고. 이거 영 찜찜해.

"국장님!"

—야, 백대식. 너 어디서 큰소리야!

방 국장이 목소리를 높이자 백대식은 입술을 머뭇거렸다.

—니들 기획사 대우 좀 해주니까 눈에 뵈는 게 없어? 니가 본부장이면 본부장이지, 너희 대표도 나한테 큰소리친 적 없어, 인마!

"죄송합니다, 국장님. 제가 놀라서 잠깐 목소리가 커졌습니다."

일단은 숙이고 다시 입을 연다.

"하지만 국장님, 이러시면 이번 K팝 콘서트 저희 협조 못 합니다. 협박하는 게 아니라 그때 LA 콘서트 스케줄 겹치는 거 아시죠? 그거 조정하려면 저희가 얼마나 손해를 보는지. 이거 예능 국장님도 아시는 겁니까?"

—백 본부장.

"예, 말씀하세요."

—최고남이랑 직접 만나서 일기토 해. 왜 우리 집 와서 신세 한탄을 하고 있어? N탑이 고작 집 나간 자식 하나에 벌벌 떠는 거야, 뭐야?

낮고 차분한, 그리고 분명한 경고의 목소리가 계속 이어졌다.

—내가 연 대표한테 직접 전화하려다가 백 본부장 생각해서 여기서 마무리 짓는 거야. K팝 콘서트? 9월에 있을 콘서트 스케줄 잡는 게 뭐가 어렵다고 벌써부터 지랄이야, 지랄이. 그래. 빠지려면 빠져. 니네 N탑 배우들 계약서 다 찢어버릴 테니까. 그리고 다음부터는 국장실까지 찾아와서 이런 협박하지 마라.

최고남이 N탑에 있을 때는 제안을 했지, 협박을 하진 않았어. 알아, 인마?

방 국장의 목소리가 바늘로 콕콕 찌르는 것 같았다.

—이 새끼 이거, 양아치네.

"국장님!"

백대식의 목소리가 다시 가팔라지자 머리에 넥타이를 둘러맨 피디가 정신을 차리고 여자들을 밖으로 내보냈다.

"이런 씨발 새끼가……."

백대식은 끊어진 전화를 집어 던졌다.

노래방 TV에 부딪혀 떨어진 핸드폰이 바닥을 아무렇게나 굴렀다.

벌컥 들이켠 술에 배 속에서 불길이 치솟는다.

*   *   *

〈두근두근〉 회의실.

"아휴."

정 피디가 술 냄새를 풀풀 풍기고 있었다.

꾸룩꾸룩 배 앓는 소리도 내고, 꺽꺽 트림 소리도 연거푸 내는 통에 작가들이 코를 막고 눈을 찌푸렸다.

"어제 얼마나 드신 거예요?"

메인작가의 사나운 눈초리에 정 피디는 목을 긁적이며 눈을 크게 떴다.

머리가 빙글빙글 도는 것이 마치 롤러코스터라도 탄 기분이었다.

"오랜만에 양주를 사발로 먹었네."

"그렇게 잘 드셨으면 모닝 똥이나 싸고 오시지 왜 비 맞은 개처럼 앓고 계세요?"

"너는 무슨 말이, 욕 배틀 나가지 그러냐? 왜 이렇게 거칠어?"

작가질 관둔다고 선언하더니만 요즘 눈에 뵈는 게 없는 메인작가였다.

"거칠지 않게 생겼어요? 지뢰는 언제 터질지 몰라서 조마조마하지, 윤소림 빠진 구멍 채워야 돼서 정신없지! 우리 어제 밤이슬 맞고 퇴근했어요! 아? 택시 영수증 어디에 뒀지?"

갑자기 세상 다 잃은 것처럼 허망한 얼굴로 지갑을 뒤지는 메인작가의 모습이 가엾기 그지없다.

정 피디는 혀를 끌끌 찼다.

"쯧쯧쯧, 피디가 무슨 길바닥 돌멩이도 아니고 지나가는 놈마다 걷어차고 그러냐."

"뭐라고요?"

작가들의 성난 시선이 달라붙기 무섭게 냉큼 다시 말했다.

"게스트 해결했어."

"정말요?"

작가들 눈빛에 스파크가 튀더니 질문들이 쏟아졌다.

누구냐, 어디 소속사냐, 급은 어떻게 되냐, 오늘 오는 거냐 등등.

"N탑이야."

"오오, N탑이요?"

긴가민가하던 눈들이 화등잔만 해졌다.

N탑이면 일단 화제성 면에서 톱클래스다.

하지만 작가들은 고개를 갸웃했다. 그녀들이라고 N탑에 노크 한 번 안 해봤을까.

"N탑 누구요?"

"남여울이라고."

"남여울?"

화등잔만 했던 눈들이 바늘구멍처럼 가늘어진다.

"첨 듣는데?"

"N탑 루키 출신인데, 배우 한다고 여태 준비했대. 나이는 윤소림하고 동갑."

"그러면 그렇지. 웬일로 만루홈런 치셨나 했다."

"야, 그래도 N탑이야. N탑이 직접 키운 여배우고, 데뷔를 예능으로 하는 것도 이례적이잖아? 화제성은 떼놓은 당상이지. 그리고 N탑이 또 가만있겠냐? 화력 지원 좀 해줄 테고. 여섯소년들 있지?"

"여섯소년들?"

대한민국 최고의 보이그룹 여섯소년들 얘기에 작가들 코가 벌름거린다.

"걔들 병풍으로 쫙 깔아준다고 백 본부장이 약속했어."

"N탑 본부장이요?"

"그렇다니까."

추신수가 만루홈런을 쳤어도 지금의 정 피디보다는 표정이 차분했을 게 분명했다. 그는 지금 차디찬 맨바닥을 박차고 일어난 성공 신화의 주역이 돼 있었다.

"애는 어때요?"

메인작가가 안경을 고쳐 쓰고 물었다.

좀 전의 건들건들한 태도는 사라지고 프로의 시선이 번뜩인다.

"어떻긴. 돈 바른 얼굴이지. 신인이라서 우리 입맛대로 움직이기도 쉽고. 백 본부장이 이것저것 요구한 게 있긴 하지만, 까짓것 맞춰주지 뭐."

"아, 윤소림처럼 성격 좋으면 좋겠는데."

싹싹하지, 착하지, 물론 그 속은 알 수 없는 노릇이지만 최소한 윤소림은 작가들 마음에 쏙 들었다.

어찌 됐든 게스트가 확정됐으니 이제 그에 맞는 준비를 하면 된다.

내일이라도 촬영에 들어가야 하는 만큼 준비할 게 산더미지만 작가들이 오랜만에 웃는다. 앞이 안 보이는 야근은 최악이지만 이런 야근은 환영이기 때문이다.

"아무튼 한 주 스페셜 방송으로 때우는 만큼, 제대로 준비해서 하자."

"근데……."

"또 뭐?"

"지뢰 진짜 안 터지겠죠? 혹시라도 터지면 N탑에서 난리 날 텐데……."

여자들이 아주 걱정이 태산이다. 하긴 이미 똥 한 번 밟았으니 걱정이 될 수밖에.

"지뢰는 입에도 올리지 마. 우리는 모르는 얘기니까."

"퓨처엔터는요? 거기서 터뜨리면 어떻게 해요?"

"그 자식들이 미쳤어? 본가나 다름없는 N탑인데. 거기다가 그거 터뜨리면 윤소림 앞으로 MNC 출입 금지나 다름없어! 그런데 미쳤다고 입을 함부로 놀려? 머리에 총 맞은 거 아닌 이상 절대 못 하지."

정 피디는 고개를 절레절레 흔들며 열받아 씩씩대던 백대식의 모습을 떠올렸다.

어째 찝찝한 기억이다.

그래서일까, 속이 계속 엉망이다. 꾸르륵. 뿡.

"아, 쫌!"

＊　　　　＊　　　　＊

―계집애, 바쁜 티 내는 거야, 뭐야? 아니면 전화 피하는 거야? 하긴 요즘 네 소식 가물가물하더라. 애들한테 물어봐도 잘 모른다고 하고. 후후, 이럴 때일수록 연습생 동기들끼리 뭉쳐야지. 언제 시간 되니? 장소는 내가 준비할게. 니들보다는 잘나가는 내가 쏘지 뭐. 아, 너 MNC〈두근두근〉알지? 왜, 지난번에 니네 소속사에서 언플한 데. 니네 소속사 왜 그랬대? 출연도 안 하면서 기사를 왜 내. 아무튼 거기에 내가 이번에 출연하게 됐어. 뭐, 회사에서 데뷔부터 밀어준다네. 상대 게스트가 지남철이래. 지남철 알지? 그 사람 요즘 중국에서 먹히잖아. 이따 보기로 했는데, 청담에서 보자고 하더라. 맛있는 거 사준다고, 후후. 아무튼 녹화하고 나서 다시 전화할게, 얘. 전화 좀 받아라. 바이.

윤소림이 핸드폰을 귀에서 떼고 고개를 갸웃한다.

"누구야?"

"소리샘. 근데 누군지 모르겠네. 이름을 얘기 안 해서."

"목소리 들으면 몰라?"

곁에 있던 차가희가 윤소림의 핸드폰을 곁눈질하며 끼어들었다.

"글쎄요, 어디서 들어본 것 같기도 하고, 아닌 것 같기도 하고."

"별일이네."

유병재가 피식 웃으며 라디오를 틀었다. 푸른 하늘처럼 맑은 목소리가 흘러나왔다.

—우리 청취자님! 올해 만 19세, 호랑이띠의 오늘 운세! 도사님, 그럼 말씀해 주세요!

—오늘의 운세, 황 도삽니다! 선희 씨, 오늘 하늘 보셨어요?

—예, 되게 맑더라고요.

—맞습니다. 이런 날을 흔히들 호랑이 낮잠 자는 날이라고 하죠.

—에에? 그런 말이 있어요?

—있다 칩시다. 아무튼, 호랑이가 뭐예요? 우리나라 동물 중 최고의 맹수이자 왕 아닙니까. 그런 왕이 오늘은 낮잠을 자는 날이라 이겁니다. 그럼 숲이 어떻게 되겠어요?

—어, 왕이 자고 있으니까, 그 아래 애들이 살맛 나겠네요?

—그렇죠, 그렇죠! 바로 호랑이띠의 오늘 운세가 거기서 나옵니다. 오늘은 약간 거슬리는 게 많을 겁니다. 근데 호랑이도 성

격이 다양하거든요. 대범한 호랑이가 있으면 소심한 호랑이도 있고, 얄미운 호랑이가 있으면 서글서글한 호랑이도 있는 법입니다. 그럼 과연 당신은, 어떤 호랑이일까요? 거슬리는 걸 대범하게 넘기는 호랑이일까요, 아니면 소심하고 얄미운 호랑이일까요. 오늘의 운세, 여기까집니다!

"꿈보다 해몽이라더니, 갖다 붙이기도 잘하네. 근데… 대표님이 호랑이띠였나?"

유병재가 혼잣말을 속삭인다.

"아, 이번에 대표님이 국장님실 쳐들어간 얘기 들었지? 역시 우리 대표님, 상남자라니까. 근데 말이야, 요즘 좀 이상하지 않니? 며칠 전에 퇴근하는데 갑자기 날 껴안아주더라? 고생하라고. 원래 그런 정 있는 양반은 아닌데. 듣고 있냐?"

실컷 떠들었는데 듣는 이는 아무도 없다.

룸미러를 보니 뒤에 있는 여자들은 다 자고 있었다.

배우는 새근새근, 스타일리스트는 꾸벅꾸벅.

"쟤는 겁도 안 나나."

오늘은 본촬영에 들어가기에 앞서 카메라 테스트를 거치는 날이었다.

연차가 있는 연출이나 촬영감독은 자신들만의 노하우가 있기 때문에 사실 불필요한 절차와 지출이지만, 여유가 있다면 꼭 거쳐야 할 절차이기도 했다.

카메라에 비치는 배우의 모습을 보면서 피부는 어떻게 나오는지, 헤어나 의상은 어떤지를 미리 확인해 볼 수 있고, 또 현장 스태프들의 얼굴을 익히는 상견례도 겸할 수 있으니 배우들에게

나 스태프들에게는 중요한 날이었다.

그런 중요한 날, 윤소림은 마음 편하게 낮잠에 빠져들었다.

저대로만 성장한다면 제법 배포가 있는 여배우로 자리 잡을 것이 확실했다.

"훗."

유병재는 이제야 진짜 여배우를 태우고 다니는 기분이었다.

그래서일까. 액셀러레이터를 밟은 발에 유독 힘이 들어간다.

*　　　　*　　　　*

"미안해서 어쩌지 이거?"

김 피디는 사과하기 무섭게 제 코를 틀어막았다.

문제가 생겼는데, 촬영 장소가 문제였다.

하필이면 테스트 촬영을 위해 섭외한 장소와 근접한 밭에 어제 퇴비를 섞었다는 것이다. 그것도 자연산 인분.

"냄새가… 우욱."

입을 여는 것이 고통이다. 숨을 들이쉴 때마다 수천 명의 이름 모를 사람들이 겪은 인고의 시간과 먹거리들의 향연이 펼쳐지는 것 같았다.

"야, 이 자식아! 너는 대체 뭐 한 거야?"

김 피디가 조연출에게 냅다 발길질을 했다.

똥 볼도 제대로 못 차는 발에 정강이를 걷어차인 조연출이 아픈 시늉을 하며 하소연을 했다.

"제가 어떻게 압니까. 엊그제 왔을 때만 해도 봄 내음 물씬 풍기지, 벚꽃은 만개했지, 동면에서 깬 개구리가 제 뺨을 때리고 튀었다니까요?"

"저 입을 그냥 콱!"

맹한 놈 탓한들 별수 있나. 결국에는 촬영을 해야 한다.

카메라에 냄새가 담기는 것도 아니고, 조연출 말대로 화면에는 제대로 봄이 잡히는 곳이었다.

그리고 코라는 놈이 워낙에 적응이 빨라서 좀만 있으면 그럭저럭 버틸 것이다. 스태프들도 울며 겨자 먹기로 촬영 준비를 하고 있었다.

하지만 문제는 배우들.

환성그룹 부회장 아들 한이준 역의 송연우는 갖은 핑계를 대면서 아예 차에서 안 나오고 있었고, 현아 역의 윤소림은 찌푸린 얼굴에 눈만 게슴츠레 뜨고 있었다.

"소림 씨, 괜찮아?"

김 피디는 찌푸린 얼굴이 한참 가겠구나 생각하며 물었다.

그런데 웬걸.

윤소림의 얼굴이 갑자기 탁 폈다. 그러고는 수더분하게 코를 킁킁거리더니 빙긋 웃는다.

"적응 완료!"

"어?"

"이제야 좀 냄새가 구수하게 느껴지네요, 후후."

웨이브 컬이 들어간 앞머리를 쓸어 올리며 그녀가 맑게 웃었다. 봄의 햇살이 반사판 못지않게 그녀의 얼굴을 더 화사하게 만들어준다.

둥근 눈웃음을 본 조연출은 헤헤 웃고 있다.

탁!

김 피디는 조연출 뒤통수를 한 번 걷어차고 말했다.

"괜찮겠어? 촬영할 수 있겠어?"

"뭐가요?"

윤소림은 오히려 무슨 소리냐는 듯 눈을 크게 뜬다.

"냄새 말이야."

"아, 전 또 뭐라고. 그게 뭐가 중요해요. 배우가 냄새난다고 촬영 안 하는 게 말이 돼요? 감독님도 참. 지금 저 놀리시는 거죠? 저 드라마 촬영은 처음이어도 들은 건 많거든요? 후후."

"성격이 좋은 거야, 착한 거야?"

아니면 가식일까.

"저 진짜 괜찮아요, 오히려 저희 때문에 감독님하고 스태프분들이 고생이시죠."

어쩌면 말도 이렇게 예쁘게 하는 건지.

김 피디는 걱정을 잊고 윤소림의 어깨를 툭툭 쳤다.

"그렇게만 생각해 주면 우리야 촬영할 맛 나지."

"저 감독님, 근데 저 무례한 부탁 하나만 드려도 돼요?"

"뭔데?"

"오늘 촬영한 거, 나중에 저도 따로 복사본 하나만 주시면 안 될까요? 첫 촬영이라서, 부모님께 자랑도 하고 집에 가보로 남겨 두려고요… 안 될까요?"

눈치를 보는 여배우의 모습이라니.

"푸하하, 안 될 게 뭐 있어? 걱정 마, 내가 아주 스페셜하게 뽑아서 하나 복사해 줄 테니까."

"정말요? 감사합니다, 감독님!"

윤소림이 불끈 쥔 두 주먹을 제 가슴팍에 붙이고 껑충 뛴다.

얼마나 좋아하는지 그녀의 환한 모습에 코를 막고 있던 스태프들이 언제 그랬냐는 듯이 같이 웃고 있었다.

"김 감독이 애 하나 잘 데려왔네."

촬영감독 역시 미소 띤 얼굴로 말했다.

곁에 있던 윤소림 매니저에게까지 들릴 만큼 목소리도 컸다.

"근데, 송연우는 뭐 하는 거야? 메이크업을 미리 하고 와야지, 무슨 현장 와서 메이크업이야. 누가 보면 촬영 다 끝났는지 알겠네."

하나가 눈에 들면 다른 하나가 못나 보이는 법.

스태프들의 날 선 시선이 송연우의 차에 달라붙는다.

그 시선이 느껴졌던 걸까.

차 문이 드르륵 열리더니, 송연우의 매니저가 내렸다.

그러더니 차에서 뭔가를 주섬주섬 꺼내 든다.

스타일리스트까지 낑낑대며 가슴팍에 뭔가를 한 아름 안고 있었다.

"뭐야? 쟤들 먹을 것 사 왔나 봐요?"

차가희의 눈이 팍 찌푸려졌다. 꼴에 주연배우라고 먹을 것을 준비해 온 모양이었다. 하지만 윤소림은 아무것도 준비해 오지 못했다.

"아, 어쩐지 찜찜하더만."

유병재도 혀를 내둘렀다.

"저 치사한 자식들. 정정당당하게 실력으로 승부해야지, 어디서 장구류를 차고 들어오는 거야?"

이거 퓨처엔터 꼴이 말이다. 스태프들도 언제 그랬냐는 듯이 태도 싹 변해서 송연우 매니저와 스타일리스트가 내려놓는 간식 거리들을 보고 있었다.

캔 콜라와 햄버거, 과자, 빵이 한가득이다.

연속극 촬영 때 배우 팬들이 보내오는 조공에 비할 순 없지만, 그래도 테스트 촬영에 간식거리라니.

스태프들 눈에는 개념 있는 배우와 소속사로 비칠 수밖에 없었다.

"감독님, 죄송합니다. 연우가 어제 새벽까지 화보 촬영을 하는 탓에 피부가 예민해져서 아침에 숍을 건너뛰고 왔어요. 괜히 트러블이라도 생기면 테스트 촬영 망치니까, 트러블이 나도 여기서 나는 게 낫죠. 정말 죄송합니다."

"그랬어?"

김 피디 얼굴이 자본주의의 얍삽한 수단 앞에서 흔들린다.

"정말 죄송합니다. 그리고 이건 별거 아닌데, 날씨가 너무 좋아서 우리 스태프분들 입이 심심하실 것 같아 조금 준비했습니다. 자자, 일단 좀 드시고 하시죠."

송연우 매니저가 여우 새끼처럼 꼬리를 살랑살랑 흔들며 스태프들을 챙겼다.

백 년 묵은 구미호가 저런 미소를 지을까.

간이고 쓸개고 다 빼놓을 미소였다.

"저 자식들이 정말. 누군 뭐 돈 없어서 안 사 왔나. 기껏해야 돈 오십도 안 되겠구먼."

"매니저님."

"왜?"

"그 햄버거나 내려놓고 그런 얘기 하세요."

차가희가 손에 햄버거를 쥔 유병재를 한심하게 처다봤다.

"주는데 안 받아? 뭐가 꿀려서? 이럴 때 안 받으면 괜히 속 좁
은 놈 되는 거야."

"으이구, 먹보. 근데, 이러면 이거 시작부터 밀리는데."

차가희는 입맛을 쩝 다시며 옆을 돌아봤다.

윤소림은 태연하게 대본을 펼치고 집중하고 있었다.

"역시 우리 소림이네."

대본을 살피는 윤소림의 입가에 미소가 살며시 떠오른다.

비록 테스트 촬영이지만 생애 첫 드라마 촬영의 순간이니 벌
써부터 가슴이 설렌다.

오늘 촬영할 씬은 한이준과 현아가 벚꽃 구경을 하는 씬이었
다. 화사한 화면이 포인트인 만큼 테스트 촬영에 적합한 씬이었
다. 원래는 산책하는 씬이었는데, 봄 촬영인 만큼 벚꽃으로 대체
됐다. 촬영이란 상황에 따라 변하는 것이다.

S#15 벚꽃 구경 / 낮

서로에게 조금씩 마음을 열게 된 한이준과 현아는 장난스럽게 얘기
했던 벚꽃 구경을 가게 된다. 겉으로는 내색 안 해도 둘은 오늘을 위해
외모에 단단히 신경을 쓰고 나왔다.

한이준 : 사람 진짜 많네. 벚꽃이 뭐라고.

현아 : (떨어지는 꽃잎을 향해 손을 내밀며) 왜, 예쁘기만 하네. 하늘도 맑고.

한이준 : (하늘을 슥 쳐다보며) 야, 덥다, 더워. 오늘 왜 이렇게 덥냐? (그러다 손잡고 가는 연인들을 보며) 쟤들은 저러다 손에 땀띠 나겠다.

현아 : 투덜대지 좀 마. 그럼 뭐 하러 왔어?

한이준 : 네가 오자며?

현아 : (한숨을 내쉬며) 그래. 내 잘못이다, 내 잘못!

한이준 : (성큼 앞서가는 현아의 모습에 당황한다) 아, 진짜. 이놈의 입, 입, 입! 나 왜 이러냐, 정말. (서둘러 뒤쫓아 가며) 야, 같이 가!

현아 : (앞만 보며) 넌 그냥 집에나 가! 나는 혼자서라도 땀띠 나게 걸을 테니까! (그때, 발을 헛디뎌서 넘어질 뻔하는 현아) 어머! (마침 그녀의 팔을 붙잡은 한이준)

한이준 : 조심해라, 좀. 넌 나 없으면 하루에도 수십 번 넘어질 거야.

현아 : 그럼 수십 번 붙잡아주면 되잖아. (풀린 듯 만 듯 한 표정으로 다른 곳을 보며 속삭인다) 바보.

툭.

송연우는 대본을 내려놓았다. 메이크업은 진작에 끝났지만, 밖에 나가기가 그래서 대본만 팠다.

"야, 연우야 이제 내리자."

"아이."

인상을 찌푸리는 그의 모습에 매니저도 미간을 구긴다.

호빠 출신을 사람 만들어놨더니만, 제 버릇 못 주고 툭하면 짜증이다.

마음에 안 들면 관둔다는 놈이니 혼을 내는 것도 한계가 있었다.

"연우야, 눈 딱 감고 웃으면서 하자. 그래도 네가 원톱인데, 인상 찌푸리고 있으면 되냐? 말했잖아. 배우는 꽃이라니까. 꽃이 숙이고 있으면 주위의 벌들도 비실거리는 거라니까."

"알았어."

투덜대면서 송연우가 차에서 내렸다.

그나마 채찍보다는 당근이 효과 있었는지 차에서 내리자마자 입가에 미소를 띤다.

그런데 녀석이 불안한 시선으로 주위를 슥 둘러보고 묻는다.

"윤소림 회사 사장… 왔어?"

"안 왔는데, 왜?"

"그래? 휴, 다행이네."

"뭐야. 왜 안도의 숨을 쉬어?"

궁금해하는 매니저를 두고 송연우는 스태프들에게 다가갔다.

"많이들 드셨어요?"

"어, 연우 씨, 잘 먹었어요!"

"뭘 그런 걸 사 왔어요? 미안하게."

"아휴, 미안하긴요. 더 맛있는 거 사 와야 하는데, 죄송합니다."

"죄송하긴."

고작 간식일 뿐인데도 스태프들은 호감 가득한 시선으로 송연우를 대했다.

키 훤칠하지, 잘생겼지. 그런 배우가 깍듯이 인사하는데 싫은 사람이 있나.

하지만 촬영감독은 여전히 못마땅한 시선으로 감독에게 달라붙는 송연우를 바라봤다.

조연출이 그런 그에게 다가와 옆자리에 풀썩 앉았다. 벚꽃이 흐드러지게 피어 있는 나무 옆이었다.

"감독님, 좀 드셨어요?"

"야, 내가 이 나이에 햄버거 먹어야겠냐?"

"에이, 그래도 한우 버거예요."

"너나 먹어라."

촬영감독은 포장도 안 뜯은 햄버거를 툭 던졌다. 조연출이 얼른 받아 들며 히히 웃는다.

"그나저나 오늘은 최고남 대표가 안 오네."

"감독님은 그 친구가 그렇게 좋으세요? 틈만 나면 최고남이래."

"걔가 은근히 정이 가는 구석이 있거든. 그리고 또 재밌어, 어디로 튈지 모르는 놈이라서 말이야."

"그렇게 대단한 사람이에요?"

"지금이야 제 사업 한다고 쭈그리 됐지만 N탑에 있을 때만 해도 사장님이랑 맞담배 피우던 놈이야."

조연출의 눈이 동그래졌다.

"우리 사장님이랑요? KIS?"

"그래, 인마. 맞담배뿐이냐, 커피 한잔 마시면서 형님 동생 하던 놈이야. 지금도 국장이랑은 형 동생 할걸?"

"우와."

"원래 우리가 아무리 친해져도 회사들이랑은 거리를 두거든. 사람이란 게 그래요, 좀 친해지면 이것저것 요구가 많아지거든. 촬영 때도 툭하면 멈추고 툭하면 불만이고… 근데 최고남 얘는 공과 사가 딱이야. 일할 때는 친분 같은 거 안 세워. 명분 생기면 호랑이지만, 명분 없으면 지렁이야, 지렁이. 밟혀도 꿈틀거리기만 하지, 군소리 한 번을 안 하는 놈이야."

촬영감독은 과거 최고남이 있던 촬영 현장을 떠올리며 피식 웃었다.

묘한 매력이 있는 남자였다.

남자답고, 성격 좋고, 그러면서 눈에는 야망이 서려 있고.

"근데 그걸 다 떠나서, 그 인간이 나타나면 뭔가 기대가 된단 말이지."

"기대요?"

"뭐가 대단한 일이 일어날 것 같은 거 말이야. 왜, 월요일 날 로또 사는 것처럼."

운 좋게 당첨돼서 벼락부자가 될 것 같은 한 주의 희망처럼.

"아, 입이 텁텁하네. 커피 없냐?"

"믹스 있는데."

"믹스 말고 블랙."

"그런 게 어디 있어요."

조연출은 낄낄거리며 일어나서 엉덩이를 털었다.

날도 좋고, 배도 찼고, 배우들도 준비가 됐으면 이제 촬영에 들어가야 할 때다. 카메라며 조명도 세팅이 끝났다.

"그럼 후딱 끝내고 방송국 돌아가서 마시자."

촬영감독도 자리를 털고 일어났다. 그런데 조연출이 까치발을 든 채로 먼 산을 보고 있는 게 아닌가.

"야, 뭐 해?"

"저거 무슨 차예요?"

분홍색 1톤 트럭이 먼지를 매단 채 달려오고 있었다.

"야, 저 차 뭐야! 우리 차야?"

김 피디가 조연출을 닦달한다.

촬영 현장에 아무나 들어올 수 있나. 외부 차량이면 막아야 했다.

하지만 끼익 멈춘 차에서 내린 사람은 바로 최고남이었다.

그가 바람에 머리카락을 펄럭이며 큰 소리로 외친다.

"자! 시원한 커피가 도착했습니다!"

*   *   *

〈윤소림과 공서 대박 터져라! #여섯소년들 #여섯소년들유유 #유유가쏜커피차 #누나잘부탁합니다 #최고남사장님짱〉

커피 차에 붙은 플래카드 앞에서 모두가 입을 다물지 못했다.

"유유? 진짜야?"

"우와, 여섯소년들 유유래."

"인맥 개쩐다!"

N탑의 다국적 아이돌 그룹 〈여섯소년들〉.

지금 같은 음원 시대에 사전 판매 백만 장은 거뜬하게 넘기는, 말이 필요 없는 최고의 아이돌.

월드투어 한 번에 전 세계의 소녀 팬이 들썩여서 지구의 자전축이 흔들린다는 그 여섯소년들!

그중에서도 가장 많은 팬덤을 보유한 여섯소년들 유유가 오늘 테스트 촬영에 커피 차를 보내왔다.

"아휴, 사장님, 귀띔 좀 해주시죠."

커피 차 앞에서 난리 난 스태프들을 지켜보는 내 옆에서 유병재가 계속 투덜거렸다.

이럴 줄 모르고 괜히 쫄아 있었다나 뭐라나.

반면 차가희는 엄지를 척 내밀었다. 그녀의 금발 단발머리가 둥그런 귀걸이와 함께 흔들린다.

"역시 우리 사장님, 난 살짝 기대했다니까요."

"오버들 하지 말고 가서 커피나 마셔."

"근데 진짜 유유가 보낸 거예요?"

[사기… 아닌가요?]

인마, 내가 괜히 악덕이겠냐.

"유유 지금 일본에 있어. 걔가 어떻게 보내."

나는 씨익 웃으며 속삭였다.

아무리 여섯소년들을 세상에 내보인 게 나지만, N탑을 떠난 지금은 남보다 더 껄끄러운 사이다.

"에에? 아니, 뭐예요? 그러다 걸리면요? 이거 백 퍼센트 기사 날 텐데."

"걱정 마. 문자 보냈어."

"뭐라고요?"

"네 이름으로 커피 차 쏘니까 그렇게 알고 있으라고. 불만 있으면 전화하라고 했는데, 전화가 안 오는데?"

"전화번호 확실해요?"

확실… 하려나?

내가 괜스레 하늘을 쳐다보자 유병재는 한숨을 푹 내쉬고 차가희는 숨이 넘어갈 정도로 웃어댄다.

"크크크, 하여간 우리 사장님 대박이야, 대박."

"소림이한테는 얘기하지 마라. 걔 딴에는 유유가 신경 써서 보내준 줄 알 테니까."

"아, 둘이 연습생 생활 겹치죠."

한때는 같은 연습실에서 땀을 흘리던 둘이었다.

그런데 한 사람은 세계적인 스타가 됐고, 한 사람은 이제야 겨우 스타트라인에 섰다. 그 격차는 말로 표현할 수 없는 것이다.

"근데, 왜 이렇게 서늘하지? 조금 전까지는 날 좋았는데."

차가희가 제 어깨를 쓸어내린다.

[쯧쯧, 기는 센데 몸은 허약 체질이구만.]

저승이가 혀를 차며 벚꽃나무 쪽으로 자리를 옮겼다. 나도 설렁설렁 움직여 쫓아갔다.

"온 김에 촬영 구경 좀 하고 갈까?"

벚꽃나무 아래에 털썩 앉았다.

살랑살랑 떨어지는 꽃잎 하나가 저승이를 스쳐 지나간다.

자식, 혼자 화보 찍고 있네.

그나저나 촬영 현장에 온 건 정말 오랜만이다.

'소림아, 이번에는 무슨 수를 써서라도 너 뜨게 한다.'

내가 소멸하게 될지, 아니, 어떻게 될지 몰라도 윤소림만은 꼭 정상 궤도에 올릴 것이다.

그래서 꼭, 날 위해서 울어준 너에게 눈물 대신 미소를 줄 거다.

[영화 찍으세요?]

저승이가 생각에 빠진 나를 흘겨보며 중얼거릴 때, 김 피디의 목소리가 쩌렁쩌렁 울려 퍼졌다.

"배우들 준비됐지? 테스트 촬영이니까, 애드리브도 치고 눈에 힘도 주고 해볼 만한 것은 다 해보자고!"

윤소림은 그동안 송연우에게서 한이준을 찾기 위해 애썼다.

상대 배역이 누군지 모른다면 대본을 보면서 상상하는 것도 하나의 재미지만, 송연우라는 배우가 일찌감치 배역으로 정해진 만큼 한이준이라는 인물의 모든 것을 송연우에 빗대어봤다.

일부러 송연우의 사진을 찾아보기도 하고, 그의 얼굴을 보며 연인이 되는 상상도 해봤을 거다.

하지만 나는 그녀에게 감정이 결코 대본을 앞서가선 안 된다는 팁을 줬다. 지금은 썸보다 조금 진도가 나간 감정이 필요할 때.

"액션!"

여배우 윤소림의 생애 첫 슛 사인이 맑은 하늘에 퍼졌다.

이번만은 나도, 저승이도 시청자 모드다.

"사람 진짜 많네. 벚꽃이 뭐라고."

"왜, 예쁘기만 하네. 하늘도 맑고."

현아는 지금 좋은 기분을 가지고 있었다. 맑은 하늘 아래에서 마음에 드는 남자와 함께 있는데 어떻게 안 좋을까. 손도 잡고 싶고, 같이 얘기도 하고 싶다. 그런데 이 남자는 도대체 왜 이렇게 퉁명한 거야?

"야, 덥다, 더워. 오늘 왜 이렇게 덥냐? 어쭈? 쟤들은 저러다 손에 땀띠 나겠다."

"투덜대지 좀 마. 그럼 뭐 하러 왔어?"

"네가 오자며?"

허.

어떻게 이런 말을 여자한테 아무렇게나 할까.

"그래. 내 잘못이다, 내 잘못!"

현아는 화가 나서 성큼성큼 앞서갔다. 괜히 섭섭해서 입술을 꾹 깨물었다.

"야, 같이 가!"

"넌 그냥 집에나 가! 나는 혼자서라도 땀띠 나게 걸을 테니까!"

땀띠약 그까짓 것 얼마나 한다고. 그거 좀 걸리면 어떻다고.

그래, 너는 땀 한 방울 흘리지 말고 꿀피부 가꾸시든지.

투덜거리며 발을 힘껏 내밀려고 했을 때였다. 발을 삐끗한 순간, 현아는 외마디 비명과 함께 팔을 허우적거렸다. 그때였다.

"조심해라, 좀. 넌 나 없으면 하루에도 수십 번 넘어질 거야."

"그럼 수십 번 붙잡아주면 되잖아, 바보."

사랑에 빠진 여자는 토라진 모습도 귀엽다는 사실.

"오케이!"

컷 사인이 떨어지자 윤소림은 고개를 휙 돌렸다.

동글동글 뜬 눈에서 쏘아진 기대감 어린 시선이 향한 곳은 김 피디가 아닌 나였다.

과연 내 연기를 어떻게 봐줬을까.

그런 기대감으로 채워져 있는 눈빛이 초롱초롱하다.

그래서 나는 엄지를 척 내밀었다.

                    *   *   *

"그래?"

―예, 윤소림이 표정이 아주 좋던데요? 피디님도 굳이 모난 부분 찾지 않고 칭찬하더라고요.

공서 팀에 심어둔 박쥐한테서 온 전화에 백대식의 인상이 찌푸려졌다.

"윤소림이 걔가 그 정도야?"

―그렇다니까요. 아주 카메라 체질이던데요?

하긴, 그러니까 최고남이 데려갔지.

죽도록 밉고 싫은 놈이지만 최고남의 능력은 인정할 수밖에 없었다.

―아, 그리고 유유가 커피 차 보냈는데, 아세요?

"무슨 소리야? 유유가 커피 차를 보내다니?"

―예, 현장에 윤소림 응원하는 커피 차 보냈더라고요.

"아무튼 알았어. 무슨 일 있으면 또 연락줘."

백대식은 전화를 끊고 입술을 잘근 씹었다.

"유유가 커피 차를 보내? 오늘 일본에서 귀국하는 놈이 어떻게?"

며칠 전 여섯소년들의 도쿄돔 공연이 있었다.

회당 5만 5천 명 수용 인원, 나흘 공연에 22만 명이다.

그 공연은 불과 1분 만에 매진이 된 공연으로, 단순 계산으로 따지자면 22만 명이 컴퓨터 앞에서 1분 동안 전쟁을 벌인 거다.

N탑의 기둥이나 다름없는 여섯소년들을 보기 위해서.

그런데 고작 신인배우 카메라 테스트 현장에 유유가 커피 차를 보냈다고?

말도 안 되는 헛소리라고 치부하기에는 더럽게 찝찝한 소식을 들었더니 얼굴이 점점 못나진다. 그렇지만 지금은 인상이나 쓰고 있을 때가 아니었다.

씨익.

억지로 한 번 웃고 차에서 내린 백대식은 옷깃을 탁탁 털고 계단을 밟았다. 곧 좁은 계단 아래 축축한 시멘트 냄새가 물씬 나는 스튜디오가 나타났다.

"누구십니까?"

입구 앞 책상에 앉아 있던 젊은 남자가 고개를 돌렸다.

'뭐야, 이건?'

트레이닝 바지 차림에, 세수는 한 건지.

생긴 것도 야리꾸리하게 생겼다.

'최고남이 생각보다 돈이 많이 없나?'

어디서 이런 허접한 애를 매니저라고 데려다 둔 건가 싶은데.

"나 N탑 본부장인데……."

"N탑 본부장님이시구나. 저 은별이 삼촌입니다! 김승권이에요, 김승권! 호호!"

N탑이란 말을 꺼내자마자 다짜고짜 악수를 청한다.

"아, 은별이 삼촌이시라고요?"

"예예! 근데, 여긴 어쩐 일로 오셨어요?"

과할 정도로 방긋 웃는 김승권의 모습에 백대식은 내키지 않다는 투로 말했다.

"스튜디오 얻었다고 해서 지나가다 들렀는데, 은별이는 어디 있습니까?"

"지금 촬영 중이죠!"

김승권은 쓸데없이 거들먹거리며 백대식을 안내했다.

은별이는 현재 매일 1회 이상의 회의와 촬영을 하고 있었다.

완벽한 퀄리티를 추구하기보다는 적당한 퀄리티에 많은 콘텐츠를 쌓으라는 것이 최고남 대표의 지시였다.

"아이템은 주로 무엇으로 하고 있는데요?"

백대식은 뒷짐을 지고 물었다.

"현재는 장난감하고 게임, 일상 위주로 하고 있습니다. 그리고 트레이닝을 좀 더하면……."

"트레이닝?"

"예, 보컬트레이닝이요."

김승권의 대답에 백대식의 눈썹이 방울뱀 꼬리처럼 파르르 떨린다. 침샘 아래 독을 모으듯, 머릿속에 오만 가지 생각을 모으는 그에게 김승권이 웃으며 말했다.

"실력이 늘면 커버곡인가? 그거 한다고 하던데?"

"커버곡?"

"은별이 대표님 말로는 5분짜리 커버곡 하나에 수백만의 조회

수가 붙는다더라고요. 어떤 건 천만 건을 넘는 것도 있고. 그리고……."

"심지어 영상을 촬영하기 위한 별도의 준비물도 필요 없고. 목소리만 있으면 될 테니까."

백대식이 이어질 말을 대신 중얼거렸다.

N탑 본부장 자리가 폼은 아니다.

모든 걸 다 캐치하진 못해도 사업 방향 같은 큰 줄기는 매의 눈으로 훑고 있다.

N탑은 전부터 유튜브와 트위터 같은 SNS 시장을 신중히 살피고 있었다. 그러니 은별이와 계약한 거고.

"그럼 오늘은 뭘 촬영합니까?"

"사투립니다."

"사투리?"

"예. 어린애가 사투리 쓰는 것도 재밌으니까요. 본부장님 사투리 좀 쓰십니까? 외모는 부산 사나이 같으신데? 하하하!"

그러는 지는 시골 촌놈같이 생겨 가지고.

아무튼 사투리라.

백대식은 긴가민가해 입술을 모으며 스튜디오를 살폈다.

'최고남이 감이 죽었나?'

입구에 책상하고 정수기 하나 놓인 게 전부인 스튜디오.

'얼씨구?'

전등도 하나 꺼져 있다. 스튜디오를 할 게 아니라 귀신의 집으로 꾸미는 게 더 나을 것 같은 곳이었다.

과연 이곳에서 열 살 꼬마가 뭘 할 수 있을지.

'아니면, 어차피 N탑 애니까 대충 박아둔 건가?'

퓨처엔터에 N탑 소속인 은별이의 매니지먼트를 일임한 것은 일종의 감시였다.

최고남도 그걸 잘 알고 있겠지만 최고남에게는 거절할 명분이 없었다.

본가에서 집 나간 자식 놈에게 일거리 챙겨준다는데 감히 그 호의를 거부할 수 있나. 그러니 은별이를 데리고 있는 게 찝찝할 테고.

마침 파마머리 할머니가 촬영 중인 방에서 나왔다.

한 번 본 적이 있어서 백대식이 턱을 살짝 숙였다.

"아, 은별이 할머님!"

"뉘슈?"

구겨진 미간, 위로 솟구친 눈빛, 느린 고갯짓, 은별이 할머니의 시선에 경계심이 가득하다.

"저 기억 안 나세요? 섭섭합니다, 은별이 할머님?"

백대식은 껄껄 웃고 다시 말했다.

"기획팀에서 그러던데, 퓨처엔터의 일 처리가 좀 마음에 안 든다고 하셨다고요?"

N탑과 계약하자마자 퓨처엔터에 맡긴 게 불만이라나 뭐라나. 하여간 보호자들은 늘 불만이다.

기획사가 애들 속여먹진 않는지, 차별하진 않는지, 제대로 지원은 해주는지.

바라는 건 또 한두 가지인가.

"불만이 없다면 거짓말이지."

"이왕 제가 왔으니까, 허심탄회하게 얘기하세요. 저희도 아니다 싶으면 다시 은별이 데려가야 하니까요."

슬쩍 은별이 할머니의 의중을 떠봤다.

그런데 웬걸, 은별이 할머니가 고개를 가로저었다.

"괜찮수."

"최 사장한테 미안해서 그러시는구나. 괜찮습니다, 이런 일은 다른 거 생각하시면 안 됩니다. 문제가 있으면 하루라도 빨리 결정을 내리셔야죠. 저희도 최대한 은별이한테 지원해 줄 생각으로 말씀드리는 거니까……."

"괜찮다니까. 난 최고남 대표 한번 믿어보려고."

백대식은 당황해서 입술을 머뭇거렸다.

'뭐야, 이거? 기획팀에서 들은 얘기랑 다르잖아? 난리를 쳤다며?'

머리가 띵한 가운데 촬영이 끝났는지 열 살 꼬맹이가 문을 열고 나왔다. 그리고 그 뒤에 카메라를 든 여자가 따라 나온다.

백대식은 허리를 굽혀 손을 흔들었다.

"은별이, 안녕?"

아이가 눈을 깜빡.

"은별아, 나 알지?"

아이가 고개를 끄덕.

"후후, 은별이 스튜디오 얻었다고 해서 아저씨가 응원 온 거야. 근데 은별이한테 너무 작다, 여기. 아저씨가 더 큰 데로 옮겨줄까? 은별이가 원하면 우리 처음 계약했던 데 알지? 큰 우리 회사. 거기서 지낼 수도 있고……."

그러니 애야, 어서 가자고 조르렴. 이 발을 붙잡고.

'최고남이 널 홀대한다고, 가서 우리 대표한테 한마디만 해주렴……'

하지만 백대식의 기대와 달리 아이는 눈을 부릅뜨고 속삭였다.

"뭣이 중한디."

"어?"

"뭣이 중하냐고!"

놀란 백대식이 뒤로 자빠져 엉덩방아를 찧었다.

"으, 은별아."

"뭣이 중하냐니까! 꺄아!!"

제7장

—

봄바람이 불어온다

"그래? 놀라 자빠졌다고?"

재밌는 전화를 받았다. 백대식이 스튜디오에서 개쪽을 당하고 도망치듯 사라졌다는 유쾌한 소식이었다.

"그거 아직 유튜브에 올리지 말고 잘 챙겨놔요. 적당한 때를 기다려야지, 크크크."

차 키를 내려놓고 책상 위에 풀썩 걸터앉으면서 결국 터져 나온 웃음을 못 참고 전화를 끊었다.

백대식이 놀라 자빠졌을 것을 생각하니 구멍 뚫린 바가지처럼 내 입에서 실실 웃음이 새어 나온다.

한참을 낄낄거리다 겨우 숨을 고르고 유리 벽을 바라봤다.

2안. 공서 촬영 →〉 예능 or 연속극 or CF →〉 영화 주연

나는 마커 펜 뚜껑을 열고 공서 촬영에 동그라미를 크게 그렸다.

일단 산 하나는 넘었지만 마냥 기뻐할 순 없었다.

상황은 좋아 보여도 현실은 그렇게 녹록지 않았기 때문이다.

냉정히 보면 지금 결과물은 아무것도 없었다.

[좀 더 노력해 보세요, 열심히 하면 금방 하겠구먼!]

"아, 자식, 질척거리기는."

하루아침에 만리장성을 쌓을 수는 없는 노릇이다.

긴 싸움은 체력과 의지를 다지면서 해야 한다.

[윤소림은 유병재한테 전부 맡겨두고 아저씨는 다른 애 맡으면 되잖아요?]

"야, 애들을 데려와서 계약을 하려면 돈이 있어야지. 안 그러냐?"

죽을 때 바리바리 싸 들고 온 것도 아니고, 나는 지금 이 회사를 유지하기도 벅찬 상태다.

[돈 없다면서 짜장면 좀 그만 시켜 먹어요!]

저승이가 난리 법석이다.

"짜장면을 먹고 싶으면 먹고 싶다고 해."

[하, 제가 고작 짜장면 때문에 이러는 게 아니거든요? 어서 빨리 업무에 복귀해야 한다고요!]

잔소리에 귀가 가려울 타이밍에 미디어 담당인 김나영 팀장이 들어왔다.

"사장님, 커피 드세요."

그녀가 아이스커피를 건네고 내 옆에서 유리 벽을 바라봤다.

"오늘 소림이 연기 어땠어요? 잘했어요?"

"잘했지."

플라스틱 컵 속의 얼음을 흔들며 윤소림을 떠올렸다.

녀석이 촬영감독과 함께 모니터를 들여다보는 모습이 떠오른다.

귓바퀴 뒤로 흘러내린 머리카락을 넘기며 집중하는 그 모습이 내 눈에 선명히 새겨졌다.

"애가 워낙 굴곡이 많았잖아. 연습생 생활도 오래 했고."

윤소림은 N탑에서 장기 연습생이었다.

실력이 없는 건 아니었고, 정확히 말하자면 운이 나쁜 편이었다.

데뷔조에 끼었다가 무산된 적이 어디 한두 번이었나.

그사이 나이는 어느덧 스물을 넘겼고, 아이돌로 나가긴 애매해진 그녀에게 나는 배우의 길을 제안했다.

"소림이 이제 잘될 일만 남았네요."

희망을 갈구하는 김나영 팀장의 미소에 나는 반박자 늦은 미소로 화답했다.

겨우 2부작 단막극, 그걸로 TV에 얼굴 비춰봤자 윤소림의 이름을 기억할 사람은 많지 않다.

드라마에 이슈 될 만한 게 있는 것도 아니고.

"근데 우리 얼마나 버틸 수 있어요?"

그녀의 질문에 나는 눈썹을 꿈틀 올렸다.

배우 하나 키우는 데 해마다 나가는 돈이 억.

메이크업, 헤어, 식대, 교통비, 연기 레슨 비용, 직원들 월급에 사무실 월세까지……

퓨처엔터가 공산품 팔아 장사하는 기업도 아니니 윤소림이 궤도에 오르기까지는 매일매일이 적자일 수밖에 없었다.

이제 시작인데 어느 세월에 수금을 하나 하는 표정이 김나영의 얼굴에 떠올라 있었다.

"공서 끝나고 다음 작품 바로 찾으면 좋겠는데, 그것도 쉽지 않을 것 같고… 은별이는 뭐, 아직 멀었고. 그렇다고 우리가 패키지 낄 걸 만한 A급 배우가 있는 것도 아니고."

"걱정 마. 월급은 안 밀리게 할 테니까. 나영 씨 12개월 할부 명품 가방은 내가 지켜줄게."

중고나라에 팔지 않게끔.

그리고 나중에는 차도 사줄 테고. 그뿐이야? 당신 결혼식에 축의금을……

"뭐예요, 갑자기 그 표정은?"

"아니야."

나는 고개를 가로젓고 마커 펜을 들었다. 동그라미 친 공서 촬영 옆에 두 글자를 적고 다시 내려놓았다.

「화제」

이게 필요하다.

"뭐 방법 없어?"

물론 내 머리에 계획은 있지만, 미디어 담당인 그녀의 의견을 들어볼 생각이었다.

"음… 기사 많이 내봐야 서너 갠데. 단막극이라서 기자들이 따라붙을 리는 없고, 또 괜히 커피 차 사진 올리면 유유 팬들한테 욕먹을 테고……."

김나영 팀장은 두 글자를 보며 심각하게 눈을 기울였다.

이리저리 방법을 강구하던 그녀가 문득 고개를 돌렸다.

"두근두근에 N탑 배우 캐스팅된 거 아세요? 신인이라던데."

"N탑?"

"예. 남여울인가. 알고 계셨어요?"

김나영 팀장의 눈이 가늘어진다. 그리고 나 역시 놀라서 미간을 찌푸릴 수밖에 없었다.

남여울이라니.

운명이 쉼 없이 꼬인다는 게 이런 의미인가.

"아니, 첨 들어."

어깨를 으쓱했더니, 김나영 팀장이 의심의 눈초리로 얘기를 계속했다.

"아까 기자랑 통화하는 중에 그러더라고요. N탑에서 기사 내 달라는 전화 왔다고."

"그래?"

"하여간 N탑 애들은 고생을 안 하려고 그래. 좀 걸으면서 구경도 하고 그러는 거지, 택시 타고 빨리 갈 생각만 한다니까."

김나영 팀장의 낭랑한 목소리를 들으면서 나는 유리 벽을 유심히 바라봤다. 유리 벽에 지도가 그려진다. 해야 할 일들이 하나하나.

"타자."

"예?"

"혼자 타나 두 명이 타나 택시비는 똑같잖아? 어차피 같은 방향이라면, 얻어 타면 될 일 아닌가?"

"아아, 남여울 기사에 윤소림도 걸치자 이 말씀이죠?"

"응."

내 입가에 미소가 번진다.

*　　　　*　　　　*

여의도의 한 카페에 기자들의 발길이 닿았다.

오늘 KIS 공모전 수상작 〈공서〉의 제작발표회가 열리기 때문이었다.

"아, 좀 꾸며서 하지. 이게 뭐야."

차가회는 뚱한 얼굴로 카페 안을 두리번거렸다.

제작발표회치고는 규모도 작고 볼품도 없다. 레드카펫은 고사하고 겨우 과자나 깨물며 얘기 나누는 간담회 수준이었다.

"원래 제작발표회는 '우리가 이 엄청난 드라마를 합니다!', '이 드라마에 엄청난 스타가 출연합니다!', '작가와 연출도 엄청납니다!'라고 자랑하려고 하는 건데, 보다시피 우리 드라마는 2부작 단막극에 입봉 작가잖아."

유병재는 피식 웃으며 마저 설명했다.

"알아요. 아는데, 좀 그래서."

"그래도 대본이 수상작이라서 KIS에서 구색 맞춰주는 거야."

마음에 백 프로 들지는 않지만, 유병재는 이것도 다행이라고 생각하고 있었다.

윤소림은 사실상 이번이 데뷔기 때문에 가능하면 기본 절차는 다 거쳐보는 게 좋았다.

오디션, 캐스팅, 계약, 대본 리딩, 테스트 촬영, 상견례, 제작발표회, 고사, 크랭크인과 크랭크업 같은 일련의 과정을 경험해 본 것과 경험해 보지 않은 것에는 차이가 있으니까.

"아무튼 소림이 이번에 잘됐으면 좋겠네요. 그러면 연속극도 들어가고 출연료도 확 뛸 테고."

차가희의 꿈 같은 얘기에 유병재도 씨익 웃었다.

그렇게만 되면 지금보다 더 비싼 점심을 먹을 수 있을 테니까.

하지만 세상일이 그렇게 쉽게 풀리면 누가 고생을 할까.

"그래도 연속극보다는 영화지."

"왜요?"

불쑥 끼어든 목소리.

송연우의 매니저였다. 신입인가.

"톱배우는 드라마에서 회당 1억 넘게 받잖아요? 이번에 이건혁이나 강현준은 회당 1억 받는다던데. 16부작이면 16억이잖아요?"

"그거야 중국 쪽 투자자들이 그 배우 출연하는 조건으로 드라마에 투자한 거고. 보통 A급 남자 배우는 오천에서 육천 정도?"

"그래도 엄청 많은 거 아니에요? 드라마 하나에 거의 8억 버는 건데."

"우리 기준에서야 그렇죠. 잘나가는 애들한테 억이 억이겠어요? 단순하게 봐요. 백만 원 받고 편한 일 할래요, 이백만 원 받고 빡센 일 할래요?"

드라마 들어가면 끝날 때까지 하루하루가 강행군이다.

거기다 쪽대본 시작하면 배우나 현장이나 아주 돌아버린다.

남자 배우들도 피가 마르는 밤샘 촬영인데 여자 배우는 오죽할까.

스태프들은 또 어떻고.

배우처럼 돈이나 많이 받으면 모르지만 쥐꼬리만 한 월급 받으면서 고생은 똑같이 해야 한다. 한마디로 죽음의 스케줄이 강림하는 것이다.

아이라인을 짙게 그린 차가희도 반달 웃음을 띠며 소리 내 웃었다.

"송연우 씨 연속극 들어가면 그때 한번 따라다녀 봐요. 한 일주일 따라다니면 원효대사 깨달음에 비할 바가 아닐걸요?"

"오천이든 육천이든 그건 나중 일이고… 그나저나 생각보다 기자들 많이 왔네."

유병재는 기자들을 둘러봤다.

연예부 기자 서너 명 오면 많이 오겠다 싶었는데, 벌써부터 속속 도착해서 자리에 앉아 있었다.

"김 언니가 또 팔이 길잖아."

차가희가 김나영을 턱짓으로 가리켰다.

목에 파란 스카프를 두른 그녀는 기자들을 한 명 한 명 챙기느라 분주했다.

"황 기자님 왔어? 커피 마셔. 이 기자도 왔구나! 반갑다, 반가워.

이 기자 빵 좋아하지? 블루베리 들어간 거? 그거 먹어. 여기 되게 잘해. 송 기자님! 대체 얼마 만이야. 정치부 간다더니만, 왜 또 여기 있어요?"

맹숭맹숭한 얼굴로 카페를 둘러보던 기자들도 그녀 덕분에 말문이 트였는지 웃으며 얘기를 했고 주변은 순식간에 떠들썩해졌다.

이때, 빠른 걸음으로 다가온 김 피디가 유병재를 향해 핸드폰을 내밀었다.

"병재 씨, 이거 봤어?"

[신인 여배우 남여울 〈두근두근〉으로 데뷔 확정!]

그동안 베일에 싸여 있던 N탑이 직접 키운 신인 여배우가 드디어 데뷔한다. 올해 스무 살의 남여울이 그 주인공. 이례적으로 N탑은 남여울의 데뷔를 MNC의 예능프로그램 〈두근두근〉으로 확정했다. 제작진은 인지도와 가능성을 고려한 끝에 남여울이 최적의 대상이라 판단, 삼고초려 끝에 출연을 확정시켰다고…….

"한편 〈두근두근〉 제작진은 출연 해프닝을 일으켰던 신인배우 윤소림에 대해선 미팅했던 많은 여배우들 중 한 사람인데 기사가 나서 난감했다며……."

기사를 읽은 유병재의 얼굴이 구겨진다.

남여울이라는 N탑이 키운 신인 여배우에 관한 기사인데 막판에 윤소림이 양념으로 끼어 있었다.

이제야 기자들을 다시 보니 하나같이 입맛 다시는 늑대들로 보인다.

피 냄새를 맡고 여기까지 온 놈들이었다.

드라마 따위는 궁금하지도 않을 테고, 판타지소설 하나 써재끼려고 온 게 분명했다.

"이거 딱 봐도 N탑 작품이다. 어쩐지 기자들이 좀 많다 했더니만."

"하여간 이 기레기 새끼들! 날 풀렸는데 러시아로 꺼지지 않고 왜 자꾸 여의도에서 기웃거려."

차가희가 신경질을 내며 코끝을 찌푸리는데, 김나영이 기자들에게서 떨어져 다가왔다.

"김 팀장님, 이거 봤어요?"

다가온 그녀에게 유병재가 핸드폰을 보여줬다.

그런데 핸드폰을 본 그녀는 실실 웃기만 할 뿐이다.

"언니 실성했수? 지금 웃음이 나와? 내가 그랬잖아, N탑에서 우리 태클 걸 게 분명하다고. 그래도 그렇지, 무슨 신인 기사를 이렇게 줄 세워. 이거 어뷰징 정도가 아니잖아? 지들 새끼 키우려고 우리 애를 잡아먹으려고 하네. 확 그냥!"

15분 전 기사가 벌써 줄을 섰다.

비슷한 내용이 적혀 있는 기사가 계속해서 올라온다.

"이거 빨리 대표님한테 보고해야 하는 거 아니야?"

남은 속이 타 죽겠는데, 미디어 담당이란 사람은 오히려 인중을 길게 늘어뜨리고 댓글을 적기 시작했다.

"지금 댓글 적을 때야?"

당장에라도 N탑과 한판 붙어도 모자라건만 이 상황에 댓글 하나를 남긴 김나영이 미소를 지었다.

자신을 향한 김 피디와 퓨처엔터 식구들의 의아한 시선을 향해 그녀는 어깨를 으쓱하고 말했다.

"긍정적으로 생각해요. 이슈 생기면 좋지 뭐. 악플도 관심인 거 몰라요? 사람들이 최소한 궁금해하기는 할 거 아니야? 윤소림이 누구인지. 아, 저기 내려온다."

알 듯 모를 듯한 김나영의 미소가 2층 계단을 향했다.

윤소림이 내려오고 있었다.

내추럴메이크업에 튀지 않는 수수한 원피스로 꾸민 그녀의 모습에서 눈을 떼는 사람이 있다면 분명 미적감각에 문제가 있는 사람일 것이다.

"소림 씨, 손 좀 흔들어주세요."

"여기 좀 봐주세요! 이쪽이요."

기자들도 때맞춰 카메라 플래시를 터뜨렸다.

반짝이는 윤소림의 모습이 너무나도 아름다워서 김나영은 미소를 지으며 속삭였다.

"잘 봐요, 쟤가 바로 우리 배우야. 우리 퓨처엔터의 보석."

별이 떠오른다. 찬란하고 영롱한.

*　　　　*　　　　*

"본부장님! 본부장님!"

보라색 오프숄더에 흰색 핫팬츠를 입은 남여울이 사무실 문을 벌컥 열었다. 백대식이 찌푸린 얼굴을 들었다.

"누가 회사에서 그렇게 뛰어다녀?"

"아, 죄송합니다!"

남여울이 두 손을 딱 붙이고 머리를 숙였다.

하지만 양 갈래로 흘러내린 머리카락 사이에서 눈과 입이 싱글벙글 웃고 있는 그녀의 모습에 백대식은 한숨을 쉬고 물었다.

"왜? 뭣 때문에 이렇게 난리를 치며 온 거야?"

"감사해서 그렇죠!"

"예능 출연 한 번에 몇 번을 감사하다고 하는 거야."

백대식은 괜스레 어깨를 추켜올렸다.

아무리 봐도 저렇게 예쁘고 귀엽건만, 최고남 녀석은 뭐가 그렇게 삐딱한지 남여울은 재능이 없다며 학교로 돌려보냈었다.

"아무튼 잘해야 한다. 이번에 잘하면, 내가 또 팍팍 밀어줄 테니까."

"엡! 열심히 하겠습니다."

"자식."

피식 웃는데, 남여울이 핸드폰을 꺼내 들고 뭔가를 적기 시작했다.

"야, 데뷔 3년 차까지는 핸드폰 못 쓰는 거 몰라? 이리 내."

백대식이 인상을 쓰며 손을 내밀자 남여울이 입술을 삐죽 내밀었다.

"아, 삼촌!"

"이게 정말. 너라고 예외는 없으니까 내놔."

"알았어요, 댓글만 적고."

남여울은 뭔가를 꾹꾹 적고 핸드폰을 넘겼다.

"벌써부터 지 기사에 댓글이나 남기고."

어제 홍보 팀에 지시한 남여울 데뷔 기사였다. 그런데.

"이거… 기사가 왜 이래?"

핸드폰을 내려놓은 백대식은 곧장 마우스를 흔들었다.

검색창에 남여울을 치자마자 이맛살을 구긴 그는 인터폰을 눌러 홍보 팀을 호출했다.

"니네 일 어떻게 하는 거야? 남여울 기사면 남여울만 집중시켜야지, 윤소림은 왜 끼워 넣어? 어떤 모기 새끼가 빨대 꽂은 거야?"

―아, 이게 아닌데. 저희도 지금 막 확인했습니다. 기자가 제멋대로 소설 하나 썼나 봅니다. 죄송합니다.

"기자 누구야?"

―세러데이 서울 황숙희 기잡니다. 바로 수정하라고 하겠습니다. 부문장님께도 전화해서 죄송하다고…….

직원의 숨죽인 목소리에 백대식의 이마에서 굵은 힘줄이 튀어나왔다.

"부문장? 부문장이 누군데? 니네 아직도 최고남을 부문장이라고 생각하는 거야?"

―아… 죄송합니다.

"잠깐 끊어봐."

백대식은 수화기를 내려놓고 뜨거운 콧김을 뿜으며 모니터를 노려봤다.

"젠장!"

이미 기사들이 따라붙었다.

수정하려면 못 할 건 없지만, 그렇게 하는 것도 그것 나름대로 짜증 나는 일이다.

마치 퓨처엔터 눈치를 보고 피하는 것 같으니까.

'차라리 잘됐어.'

백대식은 관자놀이를 지그시 눌렀다.

지금 막 그럴싸한 계획이 떠올랐다.

방 국장 건도 그렇고, 은별인지 금별인지 하는 애도 그렇고, 조만간에 퓨처엔터를 한번 손볼 생각이었는데 차라리 잘됐다.

"삼촌, 저 오늘 기사 나온 거 다 프린트해서 거실에 걸어놓을 거예요. 이게 대체 몇 개야."

철부지 녀석이 발을 동동 구르며 기뻐하는 모습을 보며 백대식은 다시 수화기를 들었다.

"기사, 이대로 밀어붙여."

*   *   *

wono** 1시간 전 [추천 225 비추 22]

큰 눈, 우윳빛 피부, 갸름한 턱. 딱 봐도 N탑 마스크네. 지남철이 상대역이라는데 어떤 케미 보여줄지 벌써 두근두근.

답글 12

dcts** 50분 전 [추천 172 비추 45]

나 남여울이랑 같은 학교 출신인데, 결국 데뷔하네. 축하축하! 여울아, 윤소림이라는 애는 신경 쓰지 마!

답글 4

seoh** 40분 전 [추천 142 비추 10]

윤소림인가 뭔가 하는 듣보잡은 어떻게든 한번 떠보려고 발악이네. 지남철 하마터면 이용당할 뻔.

답글 6

최고의** 15분 전 [추천 11 비추 4]

마스크는 윤소림이 훨씬 나은 것 같은데?

답글 닫기

　└윤소림 씨, 여기서 이러시면 안 돼요.

　└듣보잡 또 언론플레이 한다.

"와 댓글 개쩌네."

기사에 붙은 악플들을 본 송연우는 연신 탄성을 터뜨렸다.

어제만 해도 퓨처엔터 욕이나 간간이 있었는데, 오늘부터는 지남철 팬들이 달라붙었는지 윤소림을 대차게 까고 있었다.

"그만 좀 봐라. 메이크업해야지."

"근데 이거 진짜야? 윤소림 회사에서 겨우 예능 오디션 한 번 보고 언플 한 거야?"

당장에라도 뛰어가서 물어보고 싶어 입이 근질거리는데, 운전 중인 매니저가 코를 찌푸리고 말했다.

"그게 왜 궁금해. 오늘 촬영할 씬이나 신경 쓰지."

"궁금하잖아. 스태프들도 다 수군거리더만."

"뭐, 최고남 사장이라면 못 할 것도 없지."

"대체 최고남이 어떤 사람인데?"

송연우가 고개를 내밀고 물었다.

"나도 얘기만 들었는데, N탑에 있을 때 전설이었대. 손대는 일 중에 안 된 게 없다나 뭐라나. 여섯소년들도 최고남이 마지막으로 손대고 나온 애들이고."

"진짜?"

송연우의 눈이 가늘어진다.

지난번 커피 차도 그렇고, 화장실에서 거길 붙잡혔을 때도.

아무튼 손은 컸다.

"그래. 지금은 그냥저냥 기획사 사장처럼 보여도, 아직 언플할 힘은 충분히 있겠지. N탑에서 나온 지 반년밖에 안 됐으니까."

매니저는 미간을 찌푸리고 다시 말했다.

"그러니까 조심하라고. 너 하나 이 바닥에서 찍어낼 힘 아직 거뜬한 사람이야."

매니저의 엄포에 송연우는 지난번 화장실에서의 찜찜함을 다시 떠올렸다.

'너 구내염 있냐? 입 냄새 난다. 키스씬 찍기 전에 입 청소 단단히 해라. 우리 배우 구내염 옮으면 뒤질 줄 알아.'

안 되겠다.

"형, 우리 키스씬 있잖아……."

감독이 짧은 입맞춤 선에서 끝낸다고 했지만 혹시 모르는 일.

"과일즙 같은 것 사다 놔."

"웬 과일즙?"

"사과즙 같은 거 먹으면 속 좋아진다며? 변비도 예방되고."

인생사 조심해서 나쁠 건 없다.

* * *

2018년 4월 27일.

문재인 대통령과 김정은 국무위원장의 만남으로 대한민국뿐 아니라 전 세계의 이목이 판문점에 집중돼 있을 때, 〈공서〉팀은 전유라 작가가 살고 있는 아파트 앞 놀이터에서 첫 촬영을 준비하고 있었다.

작가가 대본에 녹여낸 장소인 만큼 한이준과 현아에게는 최적의 장소였기에 고민할 필요가 없었다.

그 밖에도 로케이션 팀은 여러 장소를 섭외했는데, 대부분이 서울권이었다.

2부작 단막극에 돈과 시간을 쏟아붓는 건 무의미한 일이다.

"크레인은? 이거 크레인 쓰는 씬 아니야?"

"크레인 쓰겠다고 했다가 부국장한테 한 소리 들었어. 그냥 미니 집으로 갈 거야."

"아니, 너무 성의 없는 거 아닙니까, 감독님?"

무슨 전자레인지 3분 카레 돌리는 것도 아니고 촬영 스케줄도 대충대충, 장비도 대충대충 뽑아내는 김 피디에게 나는 툴툴거리며 커피를 건넸다.

"우리가 돈이 없지, 실력이 없냐? 2부작 그까짓 것 대충 찍어도 예술 만드는 사람이 용철 형이야."

김 피디가 촬영감독을 턱짓했다.

촬영감독은 뒷짐을 진 채 놀이터를 돌며 구도와 동선을 잡고 있었다.

"그거야 나도 들었지. 용철 형님이 조금만 신경 쓰면 칸에 출품할 거 나온다는 소문."

나도 오랜만에 풍수처럼 맞장구쳐 주고 옆에 앉았다.

멋대로 자란 풀들을 피해 발을 뻗고 스태프들을 눈에 담는다.

2부작이니 단막극이니 별거 아닌 것처럼 얘기해도 이 드라마 하나 만드는 데 수십 명이 달라붙는다. 그러니 그만큼 시청률이 나오면 좋겠지만 그게 어디 쉽나.

방 국장이 애국가 시청률 운운한 것은 농담이 아니다.

"윤소림 기사 계속 나오더라. 뭐라도 해야 하는 거 아니야?"

핀잔하는 김 피디에게 나는 어깨를 으쓱하고 말했다.

"하고 있어. 어제 밤새면서 했다."

김나영 팀장과 함께 대형 커뮤니티들 기사 나르고, 불 지피는 짓을 새벽까지 했다.

N탑에 있을 때는 마케팅업체에 넘기거나 직원들을 시켰지만, 영세 업체는 하나부터 열까지 직접 해야 한다.

"뭘 했다는 건진 모르겠는데, 이러다 윤소림 언플이나 하는 이미지로 찍히면 타격 크다."

한번 잡힌 이미지는 쉽게 바꾸기 힘든 법이다. 그런데도 나는 하품만 늘어지게 하고 있으니 김 피디가 혀를 차는 것도 이해 못 할 일은 아니다.

"감독님, 실검 보셨어요?"

옆에 있던 조연출이 핸드폰을 내민다.

"실검?"

"우리 드라마 실검에 올랐어요."

"뭔 소리야, 우리 드라마가 무슨 실검에……."

김 피디는 두꺼운 손을 내밀어 조연출의 핸드폰을 들여다봤다. 나도 고개를 빼죽 내민다. 상위권은 아니어도 하위권에 〈공서〉라는 글자가 선명했다.

"이거 뭐야?"

"뭐긴 뭐야. 실검 처음 봐?"

"아니… 이걸 좋아해야 해, 말아야 해."

김 피디는 고개를 갸웃거렸다.

남여울 때문에 윤소림이 거론되고, 윤소림 때문에 이번에는 공서까지 실검에 떴다는 사실이 영 찝찝한 모양이다.

"뭔가 이상하게 꼬리를 무는데?"

"이상할 것도 많다. 그나저나 이제 어깨 좀 무겁겠네?"

"뭐가?"

미간을 찌푸리는 김 피디에게서 눈을 떼고, 나는 놀이터 그네를 바라보며 입을 열었다.

"관심이 많다는 건 보는 눈도 많다는 거니까. 김 감독님의 연출력이 또다시 시험대에 올랐다는 얘깁니다."

그네 아래에서 윤소림과 전유라 작가가 싱글벙글 웃으며 얘기를 나누고 있다.

그냥 보고 있으면 배가 부르고 미소가 나온다.

좋은 작가, 좋은 연기자니까.

"매니저님!"

손을 흔드는 전유라 작가와 윤소림에 이어 김 피디의 얼굴을 다시 살폈다.

자, 저 둘은 준비가 됐는데, 좋은 연출은 준비가 되셨나.

김 피디는 생각이 많아진 얼굴이다.

입봉 피디면 모를까 단막극 연출을 맡은 경력 피디에게서 열정을 바라는 건 욕심이다.

어차피 나오지 않을 시청률이니 포기하면 마음이 편해지기 때문이다.

하지만 판이 벌어졌다면 얘기는 달라진다.

현실적으로 윤소림이 화제에 오른다고 까짓것 시청률에 얼마나 변동이 있겠는가.

이 판의 진짜 목적은 김 피디의 마음을 움직일 판이었다.

시청률은 기대 못 해도 제대로 된 드라마 하나는 만들 수 있는 거니까. 그게 단막극의 진짜 의미 아닌가.

"또 무슨 조화를 부렸는지 모르겠는데… 그래, 까짓것 해보자. 야, 누가 크레인 좀 불러와!"

김 피디가 엉덩이를 털고 일어났다.

좋은 작가, 좋은 연기자.

그리고 이제 좋은 연출까지 준비를 마쳤다.

*　　　　*　　　　*

"액션!"

숫 사인이 울린 순간 저승사자의 시선이 윤소림의 운명을 꿰

뚫었다.

16살 때부터 시작한 연습생 생활, 세 번의 데뷔조 탈락, 함께 했던 동기들은 별이 돼 반짝이는 동안에도 여전히 연습실에서 벗어나지 못하고 있을 때, 얼굴만 봐도 겁이 덜컥 나던 최고남 부문장이 어느 날 그녀를 사무실로 불렀다.

'소림아, 여기까지만 하자.'

그 말에 윤소림은 세상이 무너지고 심장이 떨어지는 것만 같은 기분을 느꼈다. 윤소림이 할 수 있는 일이라고는 무릎을 꿇고 비는 것밖에 없었다.

'잘못했습니다. 열심히 하겠습니다. 노력하겠습니다. 성형도 할게요.'

빌고 또 비는데, 최고남이 한숨을 쉬고 했던 말.

'나한테 빈다고 해결되는 일이 아니야. 너 충분히 재능 있는 것 같아서 나도 미련을 가지고 계속 뒀던 건데, 미안하다… 욕심 부려서.'

'부문장님, 저 지금 나가면 아무것도 못 해요. 어디로 가라고 요. 엄마랑 아빠한테는 뭐라고 말해요?'

그러려고 늘 웃으며 엄마한테 걱정하지 말라고 한 게 아니라 고.

그러려고 동기가 데뷔하는 날 화장실 구석에 앉아서 눈물 흘리며 주먹을 쥐었던 게 아니라고.

그러려고 발이 찢어지고 굳은살이 박힐 정도로 연습했던 게 아니라고.

윤소림은 울고 또 울었다.

'제발요. 저 아무것도 안 바라요. 그냥 연습실에 있게만 해주세요. 저 데뷔시켜 달라고 조르지 않을게요. 아니면, 저… 저… 아, 오디션프로그램도 나갈게요. 나가서 N탑 이름 먹칠 안 할 테니까……'

'소림아.'

최고남이 이름을 불렀다.

'평범한 게 싫으니? 남들처럼 대학교 가서 엠티도 가고, 연애도 하고, 배낭여행도 가고, 수업도 땡땡이치고. 그게 싫으니?'

어떻게 그게 싫을까.

지금이 지나면 다신 못 누릴 그 일상의 행복이 왜 싫을까.

하지만 그보다는 더 큰 것이, 윤소림의 꿈이 그곳 N탑에 있었다.

'제 꿈이니까요.'

어느새 윤소림의 얼굴은 눈물로 범벅이 되어 있었다. 윤소림은 서러움에 목이 멨지만 그 말만은 또박또박하게 말했다.

그러자 최고남은 한참을 생각하더니 옅은 미소와 함께 속삭였다.

'꿈이라, 꿈이라……'

저승사자는 문득 궁금해졌다.

최고남은 무슨 생각을 했던 걸까.

하지만 그 생각 끝에 그는 말했다. 그리고 그날부터 더는 무서운 부문장이 아니었다. 최소한 윤소림에게는 말이다.

"컷."

김 피디가 자리에서 일어났다.

허리춤에 손을 올리고 윤소림을 바라본다. 스태프들도 당황한 시선으로 윤소림을 바라봤다.

그래서 나는 옅은 미소를 지으며 카메라 안으로 들어갔다.

그리고 주머니에서 손수건을 꺼내 윤소림에게 건넸다.

"대본 리딩 때도, 테스트 촬영 때도 씩씩하게 잘하더니만. 너, 내가 언제 우나 했다."

나는 꾹 다문 입술로 떨어지는 윤소림의 눈물을 바라봤다.

잠깐 잊고 있었다. 여기까지 오는 동안 본질을 잊고 있었다.

이 드라마는 수단이 아니라, 내 배우가 주인공인 드라마였음을.

이 아이의 꿈이었음을.

"헤."

윤소림이 눈물을 닦고 웃는다. 그래서 나도 웃었다.

아주 오랫동안 기억될 순간이었다.

*   *   *

[아저씨도 은근히 특이한 사람이네요.]

"뭐가?"

가끔 저 녀석이 하는 말을 못 알아듣겠다.

[윤소림과는 각별했나 보죠?]

"각별했다기보다는 특별했지. 퓨처엔터 1호 배우였으니까."

[그래도 십수 년을 못 봤는데, 그 정도면 다 잊지 않나?]

"잊기는. 오히려 해마다 또렷해지더만. 난 저 녀석 과일알레르기 있는 것도 기억나."

세월이 흐르면 흐를수록 윤소림과 관련된 기억들이 점점 더 선명해졌다.

고개를 휘휘 젓는데, 지나가던 여학생들이 걸음을 멈췄다.

"우와, 촬영 중인가 봐."

낙엽 떨어지는 것만 봐도 까르르 웃음이 터질 나이들이니, 반사판과 붐마이크에 둘러싸인 배우들을 볼 수 있는 기회를 놓칠 리 없었다.

"저 언니 되게 예쁘다."

"진짜 얼굴 대박 작다. 피부가 어떻게 저렇게 하얗냐."

"헐, 지금 눈물 흘린 거야? 쩐다. 사람들 다 보는데 어떻게 눈물을 흘리지?"

그녀들의 눈에 비친 여배우는 부러진 구두를 신은 채 쩔뚝거리고 있다.

그리고 뭐가 그렇게 가슴 아픈 건지 눈물을 주르륵 흘린다.

당장에라도 달려가서 닦아주고 싶은 충동이 느껴질 정도였다.

"컷! 소림 씨, 좋다. 바로 타이트 잡을 거니까 소림 씨 스타일리스트 화장 고쳐줘요!"

컷 사인이 떨어지자마자 윤소림에게 스타일리스트가 달라붙었다. 정신없는 손놀림 앞에서 그녀는 눈을 지그시 감고 있었다.

여학생들은 핸드폰을 꺼내 사진을 찍기 시작했다.

"우와, 그냥 찍어도 화보야."

"아저씨, 저 배우 언니 이름 뭐예요?"

팔짱 낀 아저씨, 즉 나한테 묻는다.

"윤소림."

"윤소림이요?"

여학생 하나가 눈을 크게 뜨더니, 핸드폰으로 이름을 검색하자마자 이마를 찌푸린다.

"와, 대박. 저 언니 언플 윤소림이었어!"

"진짜, 진짜?"

"그래, 두근두근에 출연한다고 언플 했던 신인배우!"

"우리 남철 오빠한테 물타기하려 했던 그 신인배우?"

그래서 지금 지남철 갤러리에서 개까이고 있지.

가뜩이나 지남철에게 한중일 팬덤이 한창 붙고 있는 상황이라서 기사 하나에도 팬들이 벌 떼처럼 달려들고 있었다.

"야야, 찍은 거 지금 인스타에 올리자."

두 엄지손가락이 윤소림 목격담을 정신없이 적는다. 흠, 그럼 나도 슬슬 썰을 풀어볼까.

[뭐 하려고요?]

'미끼를 던지는 것이여.'

흠, 흠!

"학생들, 그거 모르는구나."

"뭘요?"

앞머리에 헤어 롤을 끼고 있는 여학생이 족제비눈을 하고 날 흘겨본다.

"아, 아니야. 그냥 혼잣말이야."

"뭔데요, 아저씨? 예?"

"아, 이거 말하면 안 돼. 방송 일 하는 사람들만 아는 거라서 쉬쉬하고 있단 말이야."

'뭐야, 이 아저씨. 사람 궁금하게 해놓고 모르쇠네'라고 생각하고 있겠지?

"말해주세요. 예? 예? 아저씨, 아니, 오빠!"

제비 새끼들처럼 눈을 말똥말똥 뜬 여학생들의 모습에 나는 내키지 않는 표정을 짓다가 결국 얘기를 꺼냈다.

"그거 언플이 아니고, 윤소림이 최종 계약서 찍기 전에 자진 하차 한 거야."

"진짜요? 왜요?"

"왜겠어? 문제가 있으니까 그랬겠지. 예를 들면… 지남철이 연애를 한다거나."

"에이, 그건 아니다."

여학생들이 인상을 찌푸렸다. 나는 억울한 투로 다시 말했다.

"생각해 봐라, 어차피 드라마 촬영을 하면 기사 내고 다 할 텐데 뭐하러 계약도 안 한 예능으로 언플을 하겠어? 욕먹을 거 뻔한데. 이게 다 두근두근 제작진이 괘씸죄로 까는 거야. 아, 이거 말하면 안 되는데. 너희 이거 어디 가서 말하면 안 된다? 스캔들이란 말이야."

신신당부했지만, 여학생들의 엄지손가락은 부지런히 움직였다. 흐흐 웃는 내 모습에 저승이가 고개를 주억거리며 중얼거린다.

[미끼를 물어버렸구만.]

*   *   *

"사장님, 애들이랑 무슨 얘기를 하신 거예요?"

여학생들과 뭔가를 얘기하던 내 모습을 윤소림이 본 모양이다.

"나 잘생겼다는 얘기."

그 말을 들은 차가희가 대번에 인상을 쓴다.

아니, 이 말이 그렇게 인상을 쓸 일이었던가.

그러고 보니 얘, 내 장례식장에 왔었던가.

"다음 씬은 준비됐니?"

"예. 확실히 고친 대본이 더 재밌어서 쉽게 외워져요."

"캐스팅고는 좀 무거웠는데, 수정고는 가볍고 읽기 좋더만. 은근히 대사발도 좋고."

"그러니까 차 팀장이 실력 좀 발휘해서 인생 캐릭터 만들어봐라."

"옛써!"

잠시 뒤 이어질 촬영에서는 현아의 내추럴한 일상이 보여진다.

20대 직장인 여성.

약속 없을 때는 귀찮은 머리야 그냥 질끈 묶고, 슈퍼에 갈 때는 안경과 모자 뒤에 숨는 평범한 여자.

그렇기에 스타일리스트가 할 게 없을 것 같아도, 그렇게 꾸미는 것도 스타일이다.

"소림아, 재밌게 촬영해. 딴생각하지 말고 연기에만 집중해. 들뜨거나 감상에 빠질 때 아니야. 지금 넌 현아고, 현아가 곧 너야. 알았지?"

"옙!"

목소리 한번 믿음직하니 내 얼굴에도 절로 미소가 뜬다.

"근데 대표님, 이제 현장 안 오실 거예요?"

"글쎄. 너 우나 안 우나 궁금해서 또 오고 싶은데."

"대표니임!"

윤소림은 민망한지 얼굴을 붉힌다.

직원들의 웃음소리를 들으면서 나는 열린 차 문에 기댄 채 다시 말했다.

"차 팀장."

"왜요? 무슨 말씀을 하시려고 분위기를 잡으세요? 일 얘기, 사생활 얘기 금지인거 모르시나."

"차 팀장 이사 비용 얘기 좀 하려고 했더니."

"대표님, 진지하게 경청하겠습니다."

이번에도 다들 깔깔 웃는다.

한 번뿐인 인생, 웃으면서 살기도 모자란 시간이다.

죽기 전에 인상 찌푸리고 산 것만 떠오르면 얼마나 억울하겠어.

실컷 웃은 뒤, 나는 얼굴에 미소를 지우고 다시 입을 열었다.

"너희 마음 다 안다. 기회란 잡기도 어렵지만 붙잡고 있는 것도 어려우니까. 그래서 다들 이 시작을 기뻐하고 있어도, 한편으로는 여전히 불안감도 남아 있겠지."

꼰대 짓 안 하려고 했는데. 이럴 때 중심을 한번 잡아줘야 한다.

"그러니까 불안한 게 있으면 언제든 서로에게 털어놓자. 배우한테는 스태프가, 스태프한테는 동료가 있잖아. 그래서 우리가 함께 있는 거잖아. 아니야?"

나는 손을 내밀었다.

"자, 손 올려. 파이팅 한번 하자."

"아, 촌스럽게."

차가희는 툴툴거리면서도 제일 먼저 손을 올렸다. 유병재도
올리고 윤소림도.

손들이 차곡차곡 포개지자 미디어 홍보 팀 막내가 카메라를
들이밀었다.

"자, 찍습니다!"

"퓨처엔터, 파이팅!"

근데 애들은 알까.

저승사자와 함께 사진을 찍었다는 것을.

*   *   *

"소림 씨 얼굴에서 눈물이 또르르 흘러내리는데, 저도 울컥하
더라니까요."

촬영장에 따라갔다 온 권박하의 얘기를 들으면서, 김승권은
잠깐 그 감정을 떠올려 봤다.

올해로 5년 차 백수.

꿈을 이룬 순간에 가슴이 벅차서 눈물을 흘린다는 건 과연
어떤 기분일까.

그만큼의 간절한 삶을 살아본 적이 없다.

그만큼의 간절한 꿈을 꿔본 적도 없으니 잘 모르겠다.

"대표님도 정말 멋있더라고요. 말없이 걸어가서 손수건 주고 미소 짓는데. 하, 나 퓨처엔터에서 일하길 잘했다 싶더라니까요."

"그럼 이제 박하 씨가 계속 따라다니는 거예요?"

미디어 홍보 팀 막내인 권박하는 현재 퓨처엔터 사무실과 은별나라 스튜디오를 오가면서 일을 돕고 있었다.

김승권이 스튜디오에 맨날 놀러 오는 이유이기도 했다.

"예! 사장님이 당분간 저더러 팬 매니저 역할을 하라고 하셔서요. 유병재 팀장님이랑 차가희 팀장님이랑 셋이서 같이 다닐 거예요."

"그럼 당분간 사무실이 텅 비어 있겠네요. 회사가 바빠지기 시작했다는 것은 좋은 신호죠."

김승권은 지그시 미소를 지어 보였다.

요즘 살을 좀 빼서 턱이 슬슬 드러나기 시작했다.

"은별이는 어때요?"

권박하가 물었다. 이 여자, 미소가 참 예쁘다.

"걔야 엄청 의욕적이죠. 우리 은별이가 또 밝잖아요?"

거기다 의외로 초등학생 일상이 재밌어서 분량도 충분히 뽑고 있었다.

당번이 돼서 아침에 토끼 먹이 주는 영상은 올린 지 이틀밖에 안 됐는데 벌써 조회수 만 건이 넘었다.

"근데, 삼촌으로서 은별이한테 해줄 수 있는 것이 없어서… 그것이 참."

인터넷을 보니 여자의 마음을 얻기 위해서는 동정과 모성애를 적절히 이용하라고 했다.

"이 못난 삼촌의 마음이 아프네요."

김승권은 한숨을 피리리 내쉬었다. 권박하는 잠깐 고민하더니 미소를 빙긋 짓는다.

"삼촌이 얼마나 잘해주고 계시는데요. 은별이가 삼촌이 있으니까 편하게 촬영도 하고, 웃고 그러는 거죠."

"그럴까요? 사실 은별이가 제 딸이나 다름없죠. 누이가 살아 있었다면……."

김승권은 턱을 슬쩍 내밀며 슬픔에 찬 표정을 지었다.

미간을 찌푸리고 한 여자의 모성애를 자극시키기 위해서 눈물도 찔끔 흘려야 하는데, 그 순간 주머니에서 핸드폰 벨 소리가 요란하게 울렸다.

"엄마?"

─너 지금 어디야!

"저 지금 퓨처엔터 사무실에 있는데요?"

─네가 거기에 왜 있어? 당장 안 와?

"왜요? 무슨 일 있어요?"

─은별이가, 촬영을 거부하고 있어.

"예?"

*   *   *

미디어 홍보 팀 막내에게서 소식을 전해 들은 나는 한달음에 스튜디오로 달려왔다.

오는 내내 마음이 불편했다.

무슨 일이 생긴 걸까? 또 뭔가 바뀐 걸까?

별의별 생각들이 스쳐 갔다. 하지만 그보다는 지난번 은별이의 기습 고백 탓이 컸다.

'아빠 해주세요!'

그때는 한마디로 헐이었는데.

꼬맹이의 저돌적인 요청 앞에서 하마터면 이 나이에 기절할 뻔했다.

그 단어 덕분에 그날 밤 국장을 설득할 아이디어를 얻은 것도 사실이지만.

"별일 없겠지?"

도착은 했는데, 차에서 내리지는 못하고 이마만 긁적인다.

그저 어린아이의 순진한 발상이라고 생각해야 하는 걸까, 아니면 진지하게 고민해야 하는 걸까.

참내.

어쩌면 과거로 돌아와서 마주한 최대의 고민거리인지도 모르겠다.

"사장님, 오셨어요?"

스튜디오 문을 열자마자 은별이 삼촌이 환히 반긴다.

"큰일이라는 게 무슨 소리예요?"

내가 두리번거리며 묻자, 삼촌이 연신 입술만 훔친다. 그때 은별이 할머니가 웃으며 다가왔다.

"은별이가 촬영을 거부하고 있거든."

"왜요?"

"오늘 체육 실기 점수 50점 맞았거든."

"체육… 실기 점수 50점이요?"

"배드민턴."

황당해서 눈살을 찌푸리자 불쑥 나타난 카메라가 내 모습을 담는다.

"내가 놀래켜 주자고 했수. 은별이가 걱정돼서 달려온 소속사 사장님, 제목 괜찮지 않수?"

은별이 할머님, 이제는 프로 어그로꾼이 다 되셨다.

체념한 나는 스튜디오를 기웃기웃 살폈다.

어쨌든 은별이가 촬영을 못 하고 있다니 큰일은 큰일이니까.

"은별이는요?"

"동생이랑 같이 있지."

"동생이요?"

은별이 집은 무남독녀인데.

고개를 갸웃하며 스튜디오로 걸어갔다. 그리고 곧 은별이 집의 특별한 동생을 볼 수 있었다.

"쟤 이름이 뭐예요?"

"멍구."

은별이 할머니가 친절히 알려준 이름을 듣고 나는 스튜디오로 들어갔다.

멍구를 끌어안고 있던 은별이가 풀 죽어 있는 얼굴을 들었다.

"은별아, 안녕?"

손을 흔들며 다가갔다. 그런데 멍구가 눈을 부릅뜨더니 송곳니를 드러낸다. 그래 봤자 강아지 주제에. 이게 어딜.

"얘가 멍구구나. 멍구도 안녕?"

손바닥만 한 게 성깔은.

나는 강아지를 무시하고 무릎을 살짝 굽혔다.

"은별이 체육 실기 점수 빵점 맞았다며?"

아이가 작은 눈썹을 찌푸린다.

언제는 아빠 해달라고 하더니, 지금 눈빛은 싸우자 모드다.

"그래서 말이야, 내가 은별이 백 점 맞을 계획을 가져왔는데. 계속 이러고 있을 거야?"

"백 점… 맞을 계획이요?"

은별이는 긴가민가 의심의 눈초리를 들고 일어났다.

제8장

최고의 한 방

"무슨 계획인데요?"

"해볼래?"

"그럴싸하면요."

은별이는 명구 뒤로 물러나서 팔짱을 꾹 끼고 나를 쳐다봤다.

"은별아, 계획에 그럴싸한 건 없어. 확실한 것만 있지. 그럴싸했다가 그럴싸하게 실패할 수 있거든. 그건 진짜 바보나 하는 짓이야."

"나 바보 아닌데."

"알지. 은별이가 왜 바보야."

입술이 뾰로통 나왔다.

이래서 딸 가진 아빠들이 항상 싱글벙글하는 거구만.

"그래서 내 계획은 말이야. 은별이가 잘할 수 있을 때까지 저

넉에 배드민턴을 치는 거야."

"에이, 삼촌은 맨날 힘들다고 하고, 할머니는 못 하고, 멍구는 배드민턴 채를 잡을 수가 없는데……."

은별이는 부푼 양 볼을 들어 나를 바라봤다.

"그럼 나하고 하면 되지."

"정말요?"

어휴, 금세 눈에서 별이 반짝반짝 빛나네.

"그럼 정말이지. 지금 당장 밖에 나가서 칠까?"

"배드민턴 채 없는데요?"

"은별아, 사장님은 말이야. 네 매니저야. 매니저는 차에 농구 공, 축구공, 배드민턴 채 다 있어."

"진짜요?"

"응. 촬영장 가면 심심해서 그거라도 해야 하거든, 후후."

은별이는 헤헤 웃는다. 그래서 나는 손을 척 내밀었다. 그 순간이었다.

"왈!"

"야, 넌 또 왜 그래?"

"왈!"

"야, 나 너희 누나랑 배드민턴 쳐야 해."

"멍구야, 하지 마, 멍구야."

"왈!"

은별이가 말려도 멍구는 나를 물려고 껑충 다가왔다.

이 자식이 지금 나하고 은별이 사이를 질투라도 하는 거야, 뭐야?

유치도 안 빠진 강아지의 공격에 어쩔 수 없이 물러날 수밖에 없었다. 그렇게 했는데도 멍구가 달라붙어서 삼촌에게 도움을 요청해야 했다.

"삼촌, 애 좀 말려요!"

"걔는 저도 감당… 왜 나한테 오는 거야?"

남자 둘이 멍구 앞에서 쩔쩔맨다.

그런 우릴 보고 있는 은별이의 얼굴에는 체육 점수에 대한 걱정이 완전히 사라져 있었다.

아빠라.

아빠 같은 대표님이 되려면 노력을 많이 해야 할 것 같다.

*   *   *

"기사 좀 심한 거 아니에요?"

불안한 정 피디와 달리 백대식은 여유 있게 말했다.

"기사를 우리가 쓰나? 기자들이 쓰지. 그러지 않아도 수정해 달라고 부탁했으니까, 윤소림 이름은 곧 내려갈 거예요."

"그럼 됐고. 근데 유유는 왜 이렇게 안 와요?"

스튜디오에 모인 〈두근두근〉 스태프들은 시계를 보며 초조해하고 있었고, 메인작가는 화가 나서 씩씩거리고 있었다.

"본부장님, 저희 시간 없어요. 한 주 스페셜 방송 때운 것 가지고도 지금 위기니 초유의 사태니 말이 얼마나 많은데, 진짜 유유 오는 거 맞아요?"

"스페셜 방송이 우리 탓은 아니잖아요? 지남철 쪽에 무슨 사정이 있었다면서요? 걱정 말고 좀 기다려요. 아까 출발했는데 지금 차가 막혀서 그렇다니까."

"아까도, 아까 출발했다고 했거든요?"

메인작가가 꽉 다문 치아에서 쉭쉭 바람을 뱉는다.

'성질머리하고는.'

백대식은 찌푸린 눈을 돌려 남여울을 바라봤다. 녀석은 제 머리 예쁘게 나왔다고 거울 보는 것에 푹 빠져 있었다.

"안 되겠다, 여울씨! 기다리는 동안 메시지 보내는 거 찍을게요. 대본 외워 왔죠?"

"예!"

남여울이 분홍색 토끼 얼굴이 그려져 있는 케이스를 낀 핸드폰을 꺼냈다.

소파에 앉아 메시지를 적는데, 메인작가가 또 신음한다.

"문자 몇 개나 보냈다고 설렌다는 얼굴을 해요? 지금은 그냥 상대방이 누군지 모르니까, 그에 대한 호기심을 보여야지요."

예능은 연기.

지남철에게 보낼 카톡 메시지에 있는 마침표 하나까지도 대본이고, 설레는 감정도 철저히 계산된 연기여야 한다. 그런데 남여울은 연기가.

"아, 죄송해요. 근데 인터넷 보니까 남자 출연자가 지남철 선배님인 거 사람들이 다 알던데, 좀 이상하지 않을까요? 가식적인 것 같고."

메인작가는 어이가 없이 입을 열지 못했다.

원래 배우들 다 알고 출연한다. 근데 모른 척하는 거지.

그러니까 남여울은 상대방이 지남철인 거 모르고 가식을 떨든 연기를 하든 하면 되는 거다.

이 간단한 생리를 설명해 줘야 하는 건가 싶어 한숨을 푹 내쉬는데, 마침 스튜디오 밖에서 자지러지는 여자들 비명 소리가 들렸다.

"유유 왔어요!"

밖에서 기다리던 스태프가 유리문을 활짝 열고 소리 질렀다.

스태프들, 직원들, 모두 그쪽으로 눈이 쏠린다.

잠시 뒤, 잿빛 머리의 여섯소년들 유유가 숍에 들어왔다.

청바지에 흰 셔츠 하나 입었을 뿐인데도 카리스마와 광채가 세트로 걸어 들어오고 있었다.

"어머, 유유야!"

남여울이 환한 얼굴을 들고 유유에게 다가갔다.

구두 굽이 또각거리는 소리에 이어 남여울이 유유의 팔에 엉겨 붙는다.

같은 연습생 동기이자, 톱스타 동생이었기에 스스럼이 없는 그녀를 카메라가 재빨리 잡았다.

"일본 콘서트 잘했다며? 못 가서 미안."

남여울이 잔뜩 미안한 얼굴이다. 그런데 유유는 대꾸도 없고 표정은 꼭 '뭐래?'라고 하는 것 같다.

메인작가가 정 피디 옆구리를 쿡 찌르고 속삭였다.

"저게 친한 거예요? 우리 집주인 아줌마도 나 저렇게 안 쳐다보는데?"

우려 속에서 촬영이 시작됐지만, 다행히 유유는 프로답게 작가들의 기대를 120프로 충족시켜 줬다. 카메라를 향해 밝게 웃고, 적당한 애드리브로 담백한 웃음을 끌어내 줬다.

오히려 문제는 남여울이었다. 촬영 전 예고됐듯, NG를 계속 내면서 모두를 지치게 했다.

결국 예정보다 촬영 시간이 지체되었다.

"수고하셨습니다."

유유가 스태프들에게 인사를 하고 숍을 빠져나가자, 남여울이 뒤를 쫓아갔다.

"유유야, 오늘 수고했어! 누나가 나중에 맛있는 거 사줄게."

"괜찮아. 이제 우리 만날 일 없으니까."

남여울이 잠깐 노려보더니 콧방귀를 뀐다.

"너 사람이 그렇게 쉽게 변하면 안 되는 거야. 연습생 때는 그렇게 순진하더니만."

"뭐래."

"뭐긴 뭐야! 너 싸가지 없어졌다는 거지!"

남여울이 눈을 부릅떴다.

"내가 순진했다고? 나 연습생 때도 야동 보고 그랬어. 지금도 매일 한 편은 다운받아 봐."

"누나, 누나, 하면서 심부름하고 그랬잖아! 회사 밖에 있던 팬들이 심부름시켜도 헤헤거리면서 했잖아!"

유유는 인상을 팍 찌푸렸다.

백대식이 귀찮은 일을 떠넘긴 것도 짜증 나 죽겠는데, 이딴 헛소리나 들으려고 사생팬들 뚫고 여기에 왔다니 한심하기 그지없었다.

"역시, 고남이 형 눈이 정확해."

"뭐?"

춤도 엉망이고 노래도 엉망이라서 초반에 최고남이 학교로 돌려보낸 애를 백 본부장이 다시 불러왔다.

그나마 성형은 잘돼서 배우 데뷔 준비하다가, 이번에 예능으로 데뷔하는 거다.

하지만 연기력도 엉망이라는 소리가 있어서 가능성은 희박하고.

거기다 사생활도 개판이라는 소문이.

"뭐, 아까 보니까 입은 잘 털더라. 예능에선 좀 버틸 것 같아."

원래 노는 애들이 입은 잘 턴다.

이번에 예능으로 잘되면 연기야 N탑에서 제작하는 드라마로 데뷔하면 무슨 수를 써서라도 평타는 치게 꾸밀 테고, 이후에 뷰티 방송이나 예능 패널로 얼굴 알리면서 몸값 뻥튀기하다 보면 어느새 여배우로 자리매김하는 거다.

그런 세상이다. 이 바닥이.

"뭐라니 정말? 하여간 니들, 전부터 마음에 안 들었어. 유유, 너도 그렇고, 윤소림도 다 마음에 안 들어. 두고 봐! 내가 꼭 성공해서 너 오늘 일 후회하게 만들 거야. 두근두근 대박 나고, 드라마로 단번에……."

분노를 토하는 남어울의 모습에 유유는 피식 웃으며 말했다.

"누구나 다 그럴싸한 계획을 가지고 있어. 처맞기 전까지는."

실실 웃는 유유의 모습에 주먹을 꽉 쥔 남여울은 당장에라도 비명을 내지르고 싶었다.

이때, 눈치 없게도 손에 쥔 핸드폰이 부르르 떨린다.

지남철에게서 온 카톡이었다.

[전 지금 화보 촬영 중인데, 구름이 너무 좋아요. 보랏빛공주님도 지금 하늘을 보고 있을까 모르겠네요. 그래서 혹시 몰라 사진 첨부!]

남여울은 신경질적으로 눈을 치켜떠 하늘을 바라봤다.

뭉게구름이 보이는데, 감상은커녕 비나 쏟아졌으면 좋겠다.

아주 장대 같은 비.

[ㅎㅎ 너무 예쁘네요. 파란왕자님, 오늘 하루도 저 맑은 하늘처럼 행복하셨으면 좋겠어요!]

＊　　　＊　　　＊

[소림이 누나 잘하고 있어요?]

[뭔 소리냐 뜬금없이.]

[뭔 소리는 형이 먼저 했죠. 소림이 누나 촬영장에 누가 커피 차 보내래요?]

[쪼잔한 놈. 그깟 커피 차에 삐진 거냐. 어차피 내 돈 나갔다.]

대충 문자를 보내고 핸드폰을 내려놓았다.

사정없이 앞 유리를 때리는 비를 보니 절로 이마가 찌푸려진다.

"봄비가 뭐 이렇게 거칠어? 아주 때려 부수네."

"그러게요, 날이 춥네. 근데 누구랑 그렇게 살갑게 문자를 나눴어요?"

어둠 속에서 한 움큼 빵을 베어 먹던 황숙희 기자가 안경 콧대를 올리며 물었다.

"유유."

"예?"

황 기자의 눈이 번쩍 뜨였다. 얼굴은 고양이 상인데, 눈빛은 살쾡이다.

"여섯소년들 유유?"

"어."

내가 대충 대답하고 커피를 홀짝이자 황 기자가 억울한 투로 말했다.

"그걸 그냥 끊어요? 최소한 인사는 시켜줘야죠! 기사도 붙여 줘, 프레임도 짜줘, 알고도 속아 넘어가 줘! 이것저것 다 해줬는데 난 뭐 손에 쥔 게 없네?"

황 기자가 텅 빈 두 손을 보이더니 잼잼을 선보인다.

"쥔 게 왜 없어. 우리 사이 돈독해졌지."

"아이고, 참 의미가 크네요."

콧방귀를 끼며 비꼬던 그녀가 눈을 흘기며 다시 묻는다.

"진짜 왜 여기서 이러고 있는 거예요? 비 오는 날, 으슥한 한강 강변, 이거 제보를 빙자한 데이트 신청 아니에요?"

물 마시다 급체하는 소리 하네.

"걱정하지 마. 우리 사이는 앞으로 수십 년이 흘러도 DMZ보다 안전하니까."

"DMZ라고 안 뚫리나."

"하여간 느긋하게 기다리질 못해. 밥 먹을 때도 그렇게 급하게 먹지?"

"기자가 느긋하게 밥 먹을 시간이 어디 있어요? 여기저기서 얻어먹으려면 부지런히 먹어야 해요."

"천천히 먹어. 역류성식도염 걸리면 개고생하니까."

"아니, 뭔데 자꾸 이렇게 말을 돌리고 뜸을 들일까? 이쯤 하면 압력 밥솥도 딸랑딸랑할 시간이거든요?"

황 기자가 어서 얘기하라고 재촉이다. 내 입이 이번에는 아주 천천히 열렸다.

"스캔들."

"스캔들?"

순간, 살점 두둑한 뼈다귀를 본 살쾡이의 눈이 번뜩인다.

황 기자가 펜을 똑딱 누르고 귀를 쫑긋 세우며 말했다.

"두근두근이랑 관련 있는 거예요?"

"지남철이 연애하고 있거든."

황 기자의 눈코입이 딱 두 배 커졌다.

"그거 확실해요? 어떻게 아신 거예요? 그럼 그거 알고 윤소림이 두근두근에서 빠진 거예요?"

"질문이 길다."

나는 여전히 어둠을 응시하며 속삭였다.

커피는 진작에 내려놓았고, 손에는 적외선 투시 망원경을 쥐고 차들을 지켜봤다.

"근데 이거 터뜨리면 윤소림 앞으로 MNC 출연 못 할 텐데?"

건들 게 있고 건드려서는 안 될 게 있다.

기자야 어차피 터뜨리면 그만이니 감당은 오롯이 내 몫.

거기다 이번에 캐스팅된 애가 N탑에서 미는 신인배우라니 황 기자도 불안한 모양이다.

"N탑에서는 가만있겠냐고요. 여태 몸 사리고 있던 거 아니었어요?"

"그래서 황 기자한테 알리는 거 아니야. 내 흔적 안 남게. 프로잖아?"

사실 드러나도 상관없다. MNC? 출연 안 하면 되지 뭐.

"헐. 특종을 달라고 했더니 쥐약을 쑤셔 넣은 특종을 던지시네?"

"쥐약까지야."

"그래서 윤소림 두들겨 맞는 거 마냥 지켜본 거구만… 근데, 듣자니 지남철 스폰이 장난 아니라는데요? 어디 회장 사모가 키운다면서요? 나 N탑이야 어떻게든 버티겠지만, 대기업이랑 붙을 자신은 없는데."

황 기자는 입술을 잘근잘근 깨물며 엄살을 피웠다.

군침은 도는데 자신이 없는 모습이다.

"사모가 키우든 데리고 놀든 상관없어. 어차피 황 기자는 여자 쪽을 건들 거니까. 연애를 혼자 하나? 쌍방이 하지."

"오오, 그러네?"

황 기자가 깨달음을 얻는 사이 빗줄기가 가라앉았다.

뭉쳤던 비구름이 흩어지고 달빛이 내려온 순간, 외제 차 한 대가 소리 없이 주차장에 들어왔다.

순간 나는 망원경을 잽싸게 들었다. 눈치챈 황 기자도 카메라를 들었다.

"하하, 이거 대박인데?"

렌즈를 노려보던 그녀가 바르르 떨리는 입술로 웃는다.

나 역시 어금니를 힘껏 깨물었다.

지난날, 윤소림이 지남철 스캔들로 고생했을 때 전화 한 통 받지 않던 정 피디와 사사건건 태클을 걸었던 백대식.

"그래서 이 특종 가질 거야, 말 거야?"

*　　　　　*　　　　　*

"당근이긴 한데, 아후… 왜 이렇게 춥지?"

춥겠지.

저승이가 우리 둘 사이에서 이 상황을 흥미진진하다는 듯 지켜보고 있는데.

아무튼 그 두 놈에게 한 방을 선사할 수 있게 됐다. 최고의 한 방 말이다.

외제 차가 한강을 빠져나가자 황 기자도 제 차를 타고 룰루랄라 콧노래를 흥얼거리며 회사로 돌아갔다.

[이렇게 안 해도 어차피 다 제 업보로 쌓는 건데. 돌고 돌아도 끝점은 하나라고요.]

"그 끝점, 이번에는 일찍 만나자."

윤소림은 지남철의 스캔들로 두 번의 피해를 입게 된다.

첫째는 윤소림이 지남철의 스캔들 대상으로 몰이를 당한 거고, 둘째는 진짜 스캔들 대상이 밝혀진 후에도 윤소림에게만 포커스가 맞춰진 거다.

지남철 팬들은 조직적으로 윤소림에게 악플을 쏟아냈다.

가만히 있으면 가만히 있는다고 악플을 쏟고, 억울하다고 항변하면 어그로를 끌고 있다고 악플을 쏟아냈다.

누가 나를 싫어한다는 소리만 들어도 가슴이 뛰는데, 욕과 비난, 심지어 가족까지 들먹거리는 악플들이 쏟아지는 상황에서 어린애가 버텨낼 재간이 있었겠나.

그러니 이번에 제자리로 돌려놓는 거다.

윤소림은 억울함을 풀고, 뒤에 숨었던 놈들은 제대로 벌을 받는 거다.

나는 조수석으로 팔을 뻗어 글로브 박스를 뒤적였다.

그리고 〈공서〉 대본을 꺼내 들어서 쫙 펼치고 실내등을 켰다.

[대본 보는 거예요?]

저승이가 눈을 크게 뜬다.

"어, 소림이랑 맞춰보기 전에 한번 훑어보려고. 왜? 너도 볼래?"

저승이가 저 큰 눈을 끄덕인다.

뭐, 까짓것.

"그럼 네가 한이준 대사 칠래?"

[예!]

"할 거면 발음 신경 써서 제대로 해라."

대본 보는 저승사자라니.

그렇게 봄비 내리는 한강에서 나는 저승이와 기묘한 시간을 가졌다.

*   *   *

　ㅡ지남철 남여울 케미 대박

　ㄴ둘이 열라 잘 어울림

　ㄴ남여울 화면에 진짜 예쁘게 나오더라. 오빠는 역시나고.

　ㄴ진짜 사귀었으면 좋겠다.

　ㄴ이보세요, 어차피 방송입니다. 누가 누굴 사귀어? 급도 안 되
는 남여울이랑 오빠 엮지 마삼.

　ㅡ근데 지남철이 연애한다는 얘기 사실이야?

　ㄴ내 지인이 방송국에서 일하는데, 그것 때문에 윤소림이 자진
하차 한 거래.

　ㄴ그놈의 지인 소리 지겹지도 않니?

　ㄴ너 윤소림 소속사지?

　ㄴ찌라시 뜬 것 못 봤음? 디파에서 작업 뜨려고 준비 중이라는
데 무슨 개소리?

　ㅡ형이 친절히 정리해 준다. 윤소림 〈두근두근〉 출연 계약 직
전 지남철 연애 사실 알고 하차ㅡ〉 이후에 제작진이 이 사실 숨
기고 N탑 남여울과 계약ㅡ〉 제작진과 N탑 힘을 합쳐서 윤소림
응징!ㅡ〉 윤소림 소속사 억울하지만 힘없어서 입 다물고 있음.

　ㄴ확인되지 않은 헛소리하지 마라.

　ㄴ너 같은 찐따 새끼들이 우리 오빠를 음해하니까 대한민국이
이 꼴 나는 거야!

┗찌라시 떴어 이것들아!

┗뭔 새소리니? 어제 방송 못 봤어? 오빠하고 남여울 문자 보내는 게 완전 설레던데!

인터넷에 슬슬 불판이 퍼질 조짐이 보일 즈음, 정 피디에게서 연락이 왔다.

─최 대표님, 요즘 지남철 연애한다는 소문이 인터넷에 슬금슬금 올라오는데, 이거 그쪽이 한 거 아니죠?

"내가 미쳤습니까? 물증도 없는데 괜히 쑤셔서 MNC에 찍히게? 말했잖아요, 나도 지남철 연애하는 건 디파에서 흘려들은 거라고."

─진짜 아니죠?

정 피디의 생각이 훤히 보인다.

의심은 되는데, 증거가 없지.

"피디님, 오히려 따지고 싶은 건 이쪽입니다. 소림이 지금 드라마 잘하고 있는데, 겨우 언플이나 하는 애로 찍은 게 누굽니까? 정말 너무하는 거 아닙니까? N탑에서 망둥이처럼 날뛰면 최소한 그쪽에서 나서서 정리를 해줘야죠! 지금 소림이만 중간에서 이게 뭡니까? 그리고 전화 한 통 없다가 이제야 전화를 해요?"

─그건 미안한데…….

"미안하면 답니까? 시청률만 챙기면 다냐고요? 잘 들으세요. 이거 잠잠하게 안 만들면 우리도 진짜 기자회견 하는 수가 있습니다. 대기업이랑 방송국에 끼겨서 힘없는 영세 업체만 죽어나란 법 없죠. 나 최고남입니다, 죽어도 혼자는 안 죽습니다."

으름장을 놓았더니 정 피디는 다음에 만나서 잘해보자는 헛
소리를 늘어놓고 전화를 끊었다.

"흐흐."

손에서 핸드폰을 떼기 무섭게 나도 모르게 웃음을 흘렸다.

김나영 팀장도 싱글벙글이다. 우리 둘 다 흐흐 웃는다.

"언제부터 판 짜신 거예요? 얘기도 없이."

"두근두근에서 소림이 빼낼 때?"

"헐."

김나영 팀장이 맞은편 소파에 풀썩 앉았다. 목에 두른 베이지
색 스카프가 펄럭인다.

"전에도 묻고 싶었는데, 지남철 연애하는 건 어떻게 아셨어요?
그리고 대체 지남철 연애 상대가 누구예요?"

"첫 번째 대답. 내가 미래를 보고 왔어."

물론 안 믿을 테고.

"두 번째 대답. 누굴 것 같아?"

"진짜 누군데요? 배우예요? 가수? 일반인?"

김나영 팀장의 추측은 아주 심플하다. 하긴, 그 세 부류밖에
더 있나.

"배우는 배우인데, 신인배우야. 아, 아직 데뷔도 안 했구나. 이
제 곧 데뷔하는 애야."

"그럼 그걸 내가 어떻게 알아요."

"왜 몰라? 요즘 유명한데. 우리 소림이 기사에도 매번 나오
잖아."

순간 김나영 팀장의 입이 큼지막해졌다. 눈썹은 파르르.

"설마……."

"그래, 남여울이야."

정리하자면 지남철은 강남 클럽에서 남여울을 만나 사귀게 되었고, 디스파스가 둘의 연애 소식을 붙잡았다.

하지만 이번엔 방향이 바뀌었다.

윤소림이 빠지는 과정에서 지남철이 연애한다는 사실을 정 피디에게 알렸다. 그렇게 넘어갈 생각이었는데, 남여울이 캐스팅됐다는 소식을 들었다.

듣자마자 대충 그림이 그려졌다.

지남철 쪽에서는 어차피 디스파스에 스캔들이 물린 마당이고, 정 피디 쪽에서는 당장 여배우도 구해야 하는 데다가 시청률도 올려야겠고.

그러니 지남철이 정말 사귀는 애를 데려와 방송에서 꽁냥꽁냥하는 모습을 보여주다가 프로그램을 통해 둘이 진짜 연애를 하게 된 걸로 마무리한다면?

지남철도 불시에 터지는 스캔들보다는 백번 낫고, 두근두근은 프로그램 취지대로 시청률 제대로 초대박 나는 거다.

"지남철 소속사하고 정 피디가 합심해서 무덤 판 거지."

"백대식 본부장은 어떻게 모를 수가 있어요? 지 조카인데."

백대식뿐만 아니라 N탑 부문장이었던 나도 몰랐던 사실이다.

스캔들 역풍을 직접 맞아봤으니 아는 거지, 소속 연습생들이 클럽을 다니는지, 연애하는지 어떻게 다 알 수 있겠는가.

심지어 제멋대로 스폰도 받는데.

"근데, 정 피디는 백대식 본부장한테 얘기 안 한 거예요?"

"그래도 N탑 본부장이야, 똥이 앞에 있는데 밟아야 할지 피해야 할지 사리 분별은 할 줄 아는 놈이라고. 그러니 정 피디가 말했겠어? 말하면 안 할 게 뻔한데. 남여울이야 당연히 입 다물었을 테고."

이런 말을 하니 꼭 내가 백대식 편을 드는 것 같네.

하지만 뭐 그것도 자업자득이다.

학교로 돌려보낸 남여울을 다시 불러들인 사람 역시 백대식이니까.

아무튼 지금 상황은 다들 각자의 입장에서 자신에게 유리한 부분은 드러내고, 불리한 부분은 감추면서 준비했던 거다. 똥 밟을 준비를.

"보고 싶네."

백대식이 이 사실을 알게 됐을 때 어떤 표정일지 궁금해서 죽을 것 같다.

"왜들 그렇게 웃으세요?"

지금 막 들어온 은별이 삼촌이 눈물 쏙 빼며 웃는 우리 모습에 고개를 갸우뚱한다.

"재밌는 거면 같이 웃지. 박하 씨, 뭐 하세요?"

"댓글 적어요."

"댓글? 무슨 댓글요?"

권박하가 미소를 씨익 지어 보이며 속삭였다.

"찌라시."

　　　　　*　　　　　*　　　　　*

똑똑.

조연출이 차창을 두드렸다.

"소림 씨, 5분 뒤에 슛 들어갈게요."

"예. 바로 나가겠습니다."

유병재는 차창을 닫고 뒤를 돌아봤다. 윤소림이 대본을 덮고 심호흡을 하고 있었다.

"오늘 촬영 마지막 씬이니까 후딱 끝내고 맛있는 거 먹으러 가자."

"지금도 실검이에요?"

윤소림이 눈을 감은 채로 물었다. 유병재는 고민하다가 솔직히 대답했다.

"응. 두근두근 지남철, 남여울 편이 꽤 재밌었나 봐."

하지만 누군가 의도적으로 인터넷 커뮤니티마다 윤소림의 하차와 관련한 찌라시를 퍼뜨리고 있다.

"대표님은 뭐라고 하세요?"

"신경 쓰지 말라니까. 다 알아서 하실 거야."

"어떻게 신경을 안 써요. 이거 우리한테 안 좋은 상황인 거잖아요."

윤소림의 얼굴에 걱정이 잔뜩 묻어 있다.

유병재는 이번에도 신경 쓰지 말라고 말해주고 싶었지만, 윤소림이 애도 아닌데 거짓말이 계속 통할 리가 없었다.

이 상태로는 연기에 집중하기도 어려울 것 같아 결국 유병재는 솔직하게 털어놓았다.

"맞아. 안 좋아. 지남철이 연애한다는 증거가 있으면 모르겠는데 그게 없으면 우리한테 역공이 들어올 테고, 골치가 아파지겠지."

하지만 설명을 듣는 윤소림은 이해할 수가 없었다.

유병재가 너무나도 아무렇지 않아 보였기 때문이다.

"잘 들어, 조만간 대표님이 대응 기사 낼 거야. 기사 나가면 너 악플 싹 들어갈 거고 백대식은 닭 쫓다 지붕 쳐다보는 개대식 되는 거고, 두근두근 정 피디는 열받아서 탈모가 악화되는 거고."

"진짜요?"

윤소림의 눈이 번쩍 뜨였다.

"그러니까 아무 걱정도 하지 마. 지금처럼 태연하게 있어."

안심하라는 말에 윤소림은 가슴을 떨며 가는 숨을 내쉬었다.

첫 드라마라서 정신없이 촬영이 진행되는 와중에도 알게 모르게 마음고생을 하고 있었다.

'그럼 이제 어떻게 되는 걸까.'

언플 했다는 누명을 벗을 수 있는 거니까, 연기가 엉망이 아니라면 이미지는 나쁘지 않게 잡히겠지?

잘한다고 생각한 적은 없지만 못한다고 생각한 적도 없다.

최고남은 늘 자신감을 가지고 카메라 앞에 서라고 했다.

'하지만, 하지만……'

시청률이 별로면 나중에 사람들은 자신을 어떻게 기억할까.

아니, 다른 피디나 감독들은 오히려 편견을 가질지도 모른다.

'잡음이 있는 여배우'라는 편견.

수십억, 수백억대의 돈이 오가는 영화판이라면 더 그럴 것이다. 구설에 오른 여배우보다는 안정적인 여배우를 택할 테니까.

'정말 이게 잘된 걸까?'

물론 최고남이 어떻게든 해줄 것이다. 대표님은 방법이 있을 테고, 언제나 답을 찾았으니까.

*　　　　*　　　　*

"야, 빨리 나가자!"

"잠깐만!"

매니저의 재촉에도 송연우는 남은 사과즙 한 방울까지 남김없이 마시고 차에서 내렸다.

배우 인생 첫 키스씬.

하지만 송연우는 자신 있었다.

아득히 어린 시절, 무심코 혀로 묶은 체리 꼭지를 혀와 함께 죽 내밀었을 때, 과일 가게 아저씨는 엄지를 척 내밀었다.

그때부터 키스는 젓가락질보다 쉬운 거였다.

아, 혀 움직이면 죽인다고 했었는데.

"자, 준비됐으면 얘기하세요. 바로 슛 들어갑니다."

카메라, 조명, 스태프들의 시선 앞에 배우들이 섰다.

윤소림이 조금 긴장한 것 같아 보여 송연우는 작게 웃으며 말했다.

"곧 5월인데 날이 꽤 쌀쌀하다. 그렇지?"

"예."

"이번만 찍으면 집에 가는 거야?"

"예."

"그래, 빨리 찍고 가자."

윤소림이 수줍은 얼굴을 숙이고 입을 푼다.

반면 송연우는 여유 있는 미소와 함께 큰 소리로 외쳤다.

"준비 끝났습니다!"

                    *   *   *

유병재의 전화를 받고 부리나케 병원에 도착했을 때는 구름 속에서 어둠이 흘러내리는 시간이었다.

"어떻게 된 거야?"

"촬영 마치자마자 호흡곤란이 와서 바로 응급실로 왔습니다. 의사 말로는 알레르기 반응이래요."

"알레르기?"

"이거."

"이게 뭐야?"

유병재가 내민 봉지에 100프로 사과 원액이라는 하얀 글자가 선명하다.

"대표님도 소림이 알레르기 있는 거 아시죠? 송연우 녀석이 요 즘 사과즙을 그렇게 먹었다네요. 그 때문인 것 같습니다."

젠장, 낭패다.

낭패도 이런 낭패가 없었다.

나는 약에 취해 잠든 윤소림을 잠깐 보고 나와 병원 복도에 털썩 앉았다.

[일이 참 이상하게 돌아가네요. 근데, 윤소림 쓰러진 거 처음 보는 게 아닌 것 같던데?]

"예전에도 한 번 크게 고생했어. 바보가 못 먹는다고 얘기하면 될 걸, 미련하게 내가 준 사과를 먹다가 연습실에서 쓰러졌지 뭐야. 업고 계단 내려오느라 죽는 줄 알았어, 그때."

실은 너무 야위어서 안쓰럽다고 생각했었다.

연습생 중에서도 연습량 톱이지, 몸무게 관리한다고 제대로 먹지도 못하지.

그거 신경 쓰여서 사과 하나 준 거였는데, 저 바보가 덥석 받아먹어서.

[목이 완전히 부어서 촬영은 어렵겠네요.]

"별수 있나. 전 작가와 상의해서 대본 수정해야지."

머리가 지끈거린다.

기회야 또 잡으면 되겠지만.

하지만 이 드라마를 촬영하면서 윤소림이 얼마나 노력했던가.

[뭐, 방법이 아주 없는 건 아닌데.]

"어?"

나는 귀를 쫑긋 세웠다.

[제가 약간 실력 발휘를 하면 윤소림의 몸에 퍼진 독소를 흩뜨

리는 게 어려운 일은 아니거든요. 근데… 저승사자가 끼어들 만
한 일은 아니라서.]

저승이는 셜록 홈즈처럼 제 턱을 받치고 앉아서 미간을 잔뜩
찌푸렸다. 사람 불안하게 말꼬리를 잔뜩 흐리고 말이다.

"어떻게 하는 건데?"

[영업비밀이긴 한데, 개연성이라는 게 있어요. 말도 안 되는
상황이지만 저승사자가 개입하면서 말이 되는 상황을 만드는
거죠.]

한시가 급한 지금 같은 상황에 저승이는 또 뇌섹남 모드로 들
어간 것 같다. 성질 같아서는 와락 소리라도 지르고 싶었지만,
나는 떨리는 입꼬리를 끌어 올렸다.

"한 번만 도와줘라. 저 녀석, 많이 노력했단 말이야."

[거듭 말하지만, 저승사자가 이승의 일에 끼어드는 것은 엄격
하게 금지돼 있단 말이죠.]

"시키는 거 뭐든 하마. 말만 해. 지금보다 더 열심히 업보 지우
도록 노력할게. 내 뒤에 저승사자가 있는데, 백 됐다 뭐 하냐? 부
탁 좀 하자."

간절히 기도하는 심정으로 부탁해 봤지만, 저승이는 쉽게
결정을 내리지 못하고 뒷짐을 진 채로 복도를 왔다 갔다 거닐
었다.

그러더니 방향을 틀어 윤소림이 있는 1인 병실로 걸음을 옮겼
다.

나는 조마조마한 심정으로 뒤를 따라갔다.

저승이가 병실 침대에 누워 있는 윤소림의 이마를 짚었다.

[난로 같네요.]

순간, 저승이의 손에서 수증기처럼 하얀 김이 퍼져 나갔다.

윤소림의 쇄골이 미세하게 들썩인다.

[일단 열은 뺐고, 이제 독소를 뺀 다음 사람들의 의심을 없애기 위해서 개연성을 정리하면 되는데.]

저승이가 나를 슥 쳐다본다.

"말해. 뭐든 한다니까."

[빙의를 해야 해요.]

"빙의?"

내 몸에 들어온다는 말인가?

[좀 찝찝하죠? 다른 영이 들어간다고 하니까. 근데, 이게 또 한 번 싱크하면 별거 아니거든요. 제가 들어갔다 나가도 모를걸요?]

"해. 뭐든."

고민할 것도 없었다. 나는 고개를 끄덕였다.

[좋습니다.]

저승이가 나를 쳐다본다. 순간 생글생글 웃던 눈이 지난번처럼 뒤집어졌다. 그 뒤로 나는 잠깐 정신을 잃었다.

[어때요? 금방이죠?]

저승이는 정신이 돌아온 날 살펴보며 물었지만 나는 윤소림이 한결 편해진 표정이 된 것을 확인하고 주머니에서 주섬주섬 핸드폰을 꺼냈다.

손이 떨린다. 마라톤이라도 뛴 기분이다.

떨리는 손으로 버튼을 꾹 눌렀다.

"황 기자, 터뜨리자."

"하, 오늘도 대한민국 경제는 평화롭구만."

신문 한 장을 넘기면서 정 피디는 커피를 홀짝 마셨다.

시청률 잘 나왔지, 인터넷 반응 좋지.

최고남 쪽이 좀 신경 쓰이긴 하지만 딱히 지들이 뭘 할 수 있겠나.

N탑하고 싸울 것도 아니고, 그렇다고 방송국에 따질까.

"뭐가 그렇게 평화로워요?"

메인작가가 눈을 흘긴다.

도수 높은 안경 너머로 작은 눈이 찢어진다.

"렌즈 끼고 다녀. 그렇게 보면 무섭다니까? 화장도 좀 하고. 아니, 우리 작가들은 무슨 베이비 로션이 만능인지 알아."

"화장하고 렌즈 끼고 다닐 여유가 어디 있어요? 그리고 로션 한 번 사주고 그런 얘기를 하세요. 야근 수당도 제대로 안 챙겨주면서, 이번에 택시비 영수증 빠꾸 먹은 거 알아요? 예?"

"알았어, 알았어. 내가 이따가 국장님한테 가서 우리 작가들 챙겨달라고 한판 뜨고 올 거야."

"진짜요?"

"진짜라니까. 지금 시청률이 대박 터지게 생겼는데, 프로그램 누가 만든 거야? 우리 작가들 아니야, 안 그래?"

립서비스 살짝 해주니 그나마 마녀의 분노가 사그라든다.

정 피디는 커피를 마저 홀짝이고 말했다.

"그래도 남여울이, 말도 잘하고 표정도 좋더만. 남철이한테 카톡 올 때 표정 아주 녹아, 녹아."

"현장에 계셨으면서 그런 말을 하세요? 한 장면 찍는데 NG를 몇 번이나 내던지."

"야, 시청자들이 그런 거 아냐? 그냥 화면발 좋고, 대본만 좋으면 되는 거지. 우리 그거 잘하잖아?"

"녜, 녜!"

"유유도 반응 좋고 말이야."

잠깐 나온 유유가 그날 방송 지분 절반을 가져갔다.

하지만 지남철과 남여울의 케미도 보통이 아니어서, 분명 이번 주 방송은 시청률이 팍 뛸 것 같았다.

더도 말고 덜도 말고, 작가들이 쓴 택시비 따블만큼만.

"유유 한 번만 더 나왔으면 좋겠는데……."

정 피디가 쐐기를 박았으면 하는 바람을 속삭일 때였다.

막내 작가가 헝클어진 머리를 휘날리며 헐레벌떡 들어왔다.

"피디님."

"왜? 피난 가야 해?"

농담처럼 물었는데, 진짜 그래야 될 것 같은 표정이다.

"인터넷, 인터넷……."

중얼거리며 노트북을 펼친 그녀가 정 피디에게 화면을 들이밀었다.

[단독] N탑 신인 여배우 남여울 목하 열애 중! 놀랍게도 상대는…….

본지는 신인배우 남여울을 취재하다가 이상한 점을 발견했다. 이제 막 데뷔하는 그녀가 외제 차와 명품 가방을 들고 다니는 데다, 한강변과 남산을 자주 오가는 것을 목격한 것. 이에 기자는 취재 중에 놀라운 사실을 목격했다. 클럽에서 나온 남여울의 차에 지남철이 탑승을 했다. 처음에는 촬영하면서 친분을 쌓은 건 줄 알았지만, 두 사람은 이후 한강변으로……

"헐!"

[단독] 지남철, 남여울! 우리 실은 사귀는 사이예요!
[단독] MNC 두근두근 제작진, 두 사람 열애 사실 알고 있었다!
[단독] 1화 방송 만에 밝혀진 충격 사실! 〈두근두근〉은 시청자 우롱하는 프로그램이었다.

"오마이갓!"

[단독] 윤소림은 희생자였다.

방송국과 대기업, 그리고 한 커플이 세상을 속이고 신인 여배우를 짓밟은 충격적인 사건이 벌어졌다. 윤소림은 두근두근 출연 계약 직전 지남철의 연애 사실을 알았다. 이에 정중히 하차하였지만, 이후에 엉뚱하게도 불똥이 튀어서 네티즌들의 집중포화를 맞을 수밖에 없었다. 그럼에도 두근두근 제작진과 문제의 당사자들은 모르쇠로 일관했고, 윤소림의 소속사는 불이익을 고려해 억울한 침묵을 강요당할 수밖에 없었다.

지남철과 남여울의 열애가 포털사이트 기사와 실시간검색어를 종일 독차지했다.

한강변에서의 수위 높은 데이트 사진까지 공개된 바람에 빼도 박도 할 수 없었지만, 방송국과 N탑, 지남철의 소속사는 사실 확인 중이라는 말로 침묵하고 있었다.

"부장님, 기사 좀 내려주세요. 부탁드립니다. 우리가 세러데이한테 그동안 섭섭하게 한 것 없잖습니까? 정 안 되면 사진이라도… 부장님! 이우정 부장님!"

소득 없이 끊어진 전화와는 달리 매니지먼트 사업부는 전화벨 소리에 시달리고 있었다.

여기저기서 전화받는 목소리가 들렸다.

"저희도 상황 파악 중이니까, 정리되면 입장을 발표하겠습니다. 아니, 우리가 의도적으로 윤소림을 깐 것도 아니고 기자님들이……."

딸칵.

백대식이 전화를 빼앗아 그냥 끊어버리자, 직원은 움츠린 채 시선을 피했다.

"다들 전화받지 마!"

직원들이 일시에 멈췄다.

벨 소리만이 적막을 깨는 중에 백대식은 넥타이를 느슨하게 풀었다.

열이 받아서 붉은 기가 목 언저리에서 맴돌았지만 지금 해야 할 것은 명확했다.

"사과 공지 올리고, 남여울 열애 소식 소속사도 몰랐으며, 책

임을 물어 계약 해지 한다고 해. 그리고 홍보 팀하고 매니저들은 최대한 기자들 만나서 적당히 먹여주고 지갑 채워줘. 앞으로 딱 사흘만 떠들고 끝내자고 그래."

지시를 받은 직원들은 다시 전화기를 붙잡았다.

그 모습을 본 백대식은 주먹을 꽉 쥐고, 흐트러진 모습 대신 꼿꼿한 자세로 사무실에 돌아왔다.

하지만 소파에 앉아서 처분을 기다리고 있는 남여울을 보자마자 테이블에 놓인 찻잔을 집어 벽에 던져 버렸다.

"사, 삼촌."

"어디서 만난 거야? 왜 얘기 안 했어?"

"클럽에서… 하지만 피디님과 남철 씨가 다 잘될 거라고, 프로그램 끝나면 정식으로 연애할 수 있다고……."

"기껏 데뷔시켜 놨더니 연애할 생각을 했어? 그것도 가상 연애 프로그램에서 마음 맞은 것처럼 연기하려고 했어? 와, 내가 몰랐네. 우리 조카 연기력이 이렇게 좋은 줄은, 날 이렇게 감쪽같이 속일 줄은. 정 피디, 씨팔 자식!"

남여울은 고개를 들었다가 냉큼 다시 숙였다.

지금 삼촌의 얼굴은, 생전 처음 보는 얼굴이었다.

여기서 한마디라도 더 했다가는 저 굵은 손이 목이라도 조를 것 같았다. 그런데, 삼촌이 갑자기 눈을 부릅떴다.

"최고남도 알고 있었던 거야."

"예?"

"최고남도, 너랑 지남철이 연애하는 거 알고 있었던 거야. 그러니까 윤소림이 하차했지. 그리고 정 피디 이 자식은……."

그제야 퍼즐이 맞춰졌지만, 깨달았을 때는 늦는 법.

백대식은 헛웃음을 흘리며 의자에 털썩 앉았다.

어차피 시간이 지나면 잊힌다. 아픈 부위는 도려내면 된다.

지금까지 그래 왔듯, 이번에도 한번 홍역을 치르면 될 뿐이다.

'최고남!'

앞으로 살아가면서 이보다 더 큰 치욕은 없을 거라 확신하며, 백대식은 주먹을 불끈 쥐었다.

*   *   *

퓨처엔터의 작은 사무실에 웃음소리가 들썩거렸다.

병원에 있는 윤소림과 최고남만 빼고 다들 모여 있었다.

"오랜만에 너무 웃었더니 배가 당기네."

"아깝다. 오줌도 찔끔 지리면 더 재밌을 텐데."

차가희가 껌을 잘근잘근 씹으며 아쉬워한다.

그랬다면 조회수 대박에 레전설일 거라고 중얼중얼하는 그녀를 보며 유병재도 덩달아 다시 웃으며 말했다.

"모르지. 팬티를 못 봤으니까."

"아무튼, 이거 올리면 최소한 조회수 오백은 먹고 들어갈 거야."

"오백이요?"

"N탑 애들은 다 볼 거 아니야. 크크, 백 본부장 쪽팔려서 얼굴 어떻게 들고 다니냐."

"다들 조용!"

낄낄거리며 웃던 직원들의 시선이 김나영 팀장에게 닿았다.

오늘은 보랏빛 스카프를 착용한 그녀가 해외 사이트를 훑고 있었다. 지남철의 열애 소식을 해외 팬들이 어떻게 받아들일까.

"뭐라고 적혀 있어요?"

다시 묻자, 김나영 팀장이 마우스에서 손을 뗐다.

"지남철은, 게임 오버."

"예스!"

김승권이 주먹을 불끈 쥐고 환호한다.

그만큼 다들 걱정하고 있었다.

"아후, 이제 속이 좀 시원하네요."

그동안 모두가 쉬쉬하고 있었다. 윤소림이 촬영에 집중할 수 있도록 애써 밝은 척들을 해야 했다.

"근데 대표님은 대체 어떻게 이런 생각을 하셨을까요?"

"어떻게 이런 생각을 한 게 아니라, 이런 게 연예계야. 먹고 먹히고, 써먹을 것 써먹고."

차가희가 소파에 풀썩 앉으며 염불 외듯 속삭였다.

"하지만 대표님도 이번에는 무리수를 두셨어. 결과를 미리 알았다면 모를까, 이거 자칫하면 다 꼬일 판이었으니까."

"팀장님은 그래도 대표님 믿으셨잖아요?"

"최고남이니까."

다들 그 말에 동의하듯 피식 웃는다. 그러자 권박하가 냉큼 끼어들었다.

"그럼 대표님도 우리를 믿었겠죠? 우리를, 소림 씨를 믿었으니까 이렇게 무리하셨겠죠?"

"대표가 직원을, 매니저가 내 배우를 못 믿으면 어떻게 세상에 내보내겠어?"

유병재의 심플한 대답을 들은 권박하는 미소와 함께 마우스를 클릭했다.

"업로드 완료!"

백대식에게 주는 선물이 순식간에 유튜브 사이트에 올라갔다.

제목 [뭣이 중요한디]

드르륵.

병실 문을 열자 병상에 걸터앉아 있는 윤소림이 보인다.

촬영이 끝나자마자 쓰러진 뒤로 내리 이틀을 병원에 입원해 있었다.

창 너머로 들어온 햇볕이 그녀를 포근히 감싸고 있다.

그 모습을 보니 해야 할 일이 좀 더 명확해진다.

"괜찮아?"

"신기해요. 그동안 알레르기 발진 일어나면 보름은 내리 누워 있어야 했는데. 가려움도 몇 달은 갔고. 그런데 지금은 너무 편해요. 신기하게."

"구급차에 타고 갈 거야. 산소마스크 중간중간 쓸 거고, 그 모든 과정은 촬영할 거야. 현장 스태프가 몰래 찍은 것처럼. 업로드는 공서 1화 방송 끝나면 유튜브에 공개할 거고."

윤소림이 고개를 끄덕인다.

"이번 건 결과가 어떻게 될지 몰라. 지금 분위기라면 너한테 유리하겠지만, 그래도 혹시 모르는 거야. 각오가 됐어?"

한 번 더 고개를 끄덕이는 윤소림을 보며 나는 미소와 함께 핸드폰을 들었다.

"감독님, 우리 소림이 촬영장 갑니다. 마지막 촬영, 준비해 주십시오."

제9장

—

기적은 시작됐다

"야, 뭐 해!"

"나 안 나가면 안 돼?"

매니저가 재촉했지만 송연우는 차 안에서 나오려고 하지 않았다.

허세만 가득했던 놈이 어울리지 않게 천장 손잡이를 끌어안고 극렬하게 저항하고 있었다.

"말도 안 되는 소리 하네. 야, 네가 일부러 그랬냐? 실수였잖아? 그쪽에서도 이해한다잖아? 오히려 자기들이 제대로 얘기 못 해줘서 미안하다더라."

"아이씨, 무슨 사과 알레르기가 있는 사람이 있어?"

"있다잖아. 그날 쓰러진 거 못 봤냐? 거품 물던데."

현장에 있던 모두가 놀라서 패닉 상태였다.

구급차 올 때까지 일분일초가 살얼음판이었다.

송연우도 얼굴이 새하얗게 질려서 사마귀처럼 두 손만 든 채 아무것도 하지 못했다.

"빨리 나와. 지금 구급차 타고 온다는데, 마중해야지."

"그, 그 사장도 오겠지?"

"당연하지."

한참을 제 허벅지만 쳐다보던 송연우가 차에서 내리자 스태프들의 시선이 자연스럽게 달라붙었다.

"송연우 되게 민망하겠다."

"키스씬 찍다가 사람 골로 보낼 뻔한 배우는 대한민국 최초 아니야?"

"그러게? 허허."

어이가 없어 웃는 사람도 있었지만, 대체로 이해하는 반응들이었다.

알고 그런 건 아니니까.

사실 그날 제일 놀란 것도 송연우였다는 걸 다들 잘 알고 있었다.

"연우야, 오늘은 사과즙 안 먹었지?"

김 피디가 짓궂게 묻자, 송연우가 한숨을 푹 내쉰다.

"감독니임!"

"연우 너, 앞으로 소림이한테 되게 잘해야 한다. 너희 둘 다 첫 작품인데, 이것도 인연이라면 인연이지."

"예."

고개를 살짝 숙이던 송연우는 아파트 입구를 보며 조심스럽게 물었다.

"근데, 촬영할 수 있대요?"

"모르지. 전 작가가 대본 수정해 볼까 했는데, 윤소림이 마지막 촬영이니 어떻게든 하겠다고 투지를 불살랐대. 이왕 이렇게 된 거 해야지."

하필이면 오늘 촬영할 씬이 해피 엔딩 키스가 동반되는 씬이라서 송연우의 부담이 클 수밖에 없었다.

또다시 송연우가 한숨을 쉬는데, 마침 사이렌 소리와 함께 구급차가 오고 있었다.

스태프들 모두가 바라봤다.

착용하고 있던 산소마스크를 내리는 윤소림을.

짝.

짝.

짝짝짝.

투지를 불사르고 아픈 몸을 끌고 온 그녀에게 스태프들이 진심을 담아 박수를 쳤다.

일부 아파트 주민들도 내려와서 박수를 치자 소리는 아파트 전체로 퍼졌다.

그리고 잠시 뒤, 아파트에 드라마 〈공서〉의 마지막 회차 숏 사인이 울렸다.

"액션!"

*   *   *

타타타.

맥주 한 모금의 목 넘김, 입안에 욱여넣은 과자 한 줌, 그리고 마우스와 키보드를 두드리는 손길.

"역시 키보드는 기계식이지."

남자는 인터넷 창을 여러 개 켜놓고 창을 오가면서 글을 쓰고 있었다. 거금 주고 산 키보드로 글을 쓰니 경쾌한 타자 소리 때문인지 글도 잘 써지는 기분이었다.

인터넷 창 1 남여울의 트윗 메시지들

인터넷 창 2 남여울 친구 페북? 일진설 유포 중.

인터넷 창 3 구글 검색창

인터넷 창 4 지남철(아이디 추정)이 올린 지식인 질문(카섹 하기 좋은 장소 좀……)

인터넷 창 5 청담동 목격담? 현재 성지 순례 진행 중.

남자는 지금 남여울을 추적하고 있었다.

인터넷에 존재하는 그녀의 흔적들이 딸칵딸칵 마우스 소리와 함께 하나로 모이고 있었다.

고등학교 동창의 일진 사실 폭로, 나이트에서 개가 돼 춤추는 사진, 누구누구 썰…….

이 게시물이 올라가면 사람들은 남자를 칭송할 게 분명했다.

'네티즌수사대의 위엄'이라는 말로.

"응?"

한창 작업 중이던 남자는 서브 모니터를 향해 고개를 돌렸다.

요즘 시대에 다들 모니터 두 개 정도는 쓰니까.

그래서 한쪽에는 보통 유튜브 방송이나 TV 화면을 켜놓는데, 순간 드라마 스페셜 오프닝 장면에 눈길이 멈췄다.

"윤소림?"

기사는 많이 뜨지만 실제로 그녀에 대한 관심은 그렇게 많지 않았다.

윤소림이 억울했든, 진실이 뭐든 그건 별로 궁금한 게 아니다.

지남철과 남여울이 워낙 대박이니까.

그래서 그녀가 드라마에 나온다는 것도 별 관심이 없었다.

"이 드라마였구나."

남자는 잠깐 손길을 멈췄다.

"어라? 왜 저렇게 예뻐?"

눈이 확 쏠린다.

벚꽃나무 아래에서 은은한 바람에 기대 미소 짓고 있는 하얀 얼굴에 남자는 저도 모르게 마른 입술을 핥았다.

꿀꺽.

사실 얼굴도 처음 보는 거였다.

기사에서 윤소림, 윤소림 해도 얼굴이 제대로 나온 게 없었다.

그냥 프로필 사진 딸랑. 그 밖에 자료 화면도 없고.

왜냐면, 그녀는 신인배우니까. 그런데 이거…….

"보고 나서 해야겠다."

이깟 드라마 다운받아 보면 된다. 그런데, 저 거부할 수 없는 매력이란.

*   *   *

"후. 후."

전유라 작가가 연신 숨을 고르며 TV를 보고 있었다.

지금 막 오프닝이 끝나고 광고 화면으로 넘어갔다.

TV 화면 오른쪽 상단에 〈공서〉가 딱 붙었다.

"작가님, 긴장 좀 푸세요."

김나영 팀장이 걱정스러운 듯한 얼굴로 전유라 작가를 바라봤지만, 지금 전유라 작가의 귀에는 아무것도 들리지 않는 것 같다.

뭐, 그녀뿐일까, 다들 긴장하고 있기는 마찬가지다.

차가희는 아까부터 껌을 질겅질겅 씹고 뱉고 난리도 아니고, 유병재는 제 맥박수를 체크하고 있고, 신입들은 각자 컴퓨터 앞에서 반응을 살피고 있고. 은별이 삼촌은 왜 여기 있는 건지 모르겠지만.

아무튼 먹으라고 펼쳐놓은 과자와 음료수는 나만 손을 대고 있었다.

나이 먹으면 단 게 당긴단 말이지.

"이젠 뚜껑은 열린 거예요. 작가님이 이제 와 대본을 고치겠어, 뭘 하겠어. 마음 편하게 먹어요."

"시청률, 잘 나올까요?"

전유라 작가의 초조한 시선에 나는 미소로 대답했다.

확신의 답은 아니었다. 할 만큼 했으니 결과를 기다리자는 의미였다.

뭐가 됐든, 지난날의 그 악몽 같던 시간보다는 나을 거다.

하, 나도 참.

솔직히 말해서 손에 땀이 난다. 심장은 바운스 바운스 하고 있고.

나는 살짝 미끌거리는 손을 가리고 TV를 바라봤다.

지금쯤 김 피디는 입술을 잘근잘근 깨물면서 방송국 주조정실을 지키고 있을 거다.

거기서 분당 시청률을 지켜볼 테고, 드라마가 끝나자마자 연락을 줄 거다.

그리고 우리가 지금까지 해온 모든 행동이, 의미가 있었는지 없었는지를 알려줄 거다.

"너 자신 있어?"

방 국장의 질문에 김 피디는 비장미 가득한 눈으로 대꾸했다.

"대본 좋고, 배우들 연기 나쁘지 않고, 화면도 잘빠졌고. 시사 때 보셨잖아요?"

"이게 어디서 성깔이야."

"첫 장면에 임팩트 좀 줄 걸 그랬나. 너무 싱거운가."

성질냈다가 걱정했다가.

감정 기복이 조울증 환자 수준인 김 피디의 모습에 방 국장은 혀를 차며 모니터를 바라봤다.

"무슨 블록버스터 찍냐? 임팩트를 주게. 됐어, 인마. 그 정도면 잘했어."

사실 별거 아닌 드라마였다. 별거 아닌 촬영이었고.

그냥 2부작 단막극, 드라마 각본 수상작일 뿐이었다.

그랬는데 N탑에서 태클을 걸지를 않나, 최고남, 이 돌아이는 국장실 찾아와서 사랑한다는 헛소리를 하질 않나, 피디는 회사를 관두려는지 제작비 달라고 떼를 쓰질 않나.

그뿐이야.

애먼 데서 불이 나더니만 연기가 넘어와서 콜록거리게 하고, 연기 좀 가셨더니 이제는 사람들이 이쪽을 구경하고 있으니 이게 대체 무슨 조화인지.

덕분에 이제는 사장님까지 이 드라마의 행방에 관심을 두고 있었다.

방 국장이 주조에 직접 행차한 것도 그 때문이었다.

결코, 최고남에게 얻어먹은 추어탕 탓이 아니다.

"공서, 시작합니다."

엔지니어의 목소리에 이어서 드라마가 시작됐다.

아파트를 배경으로 한이준이 케리어를 끌고 오는 장면이 부조정실 모니터에 비쳤다. 그리고 이어진 목소리.

"4프로에서 시작됐습니다."

시청률 그래프가 움직이자, 김 피디의 이마가 찌푸려진다.

4프로라니.

1프로, 2프로, 김프로도 아닌 4프로라니.

화제성만 따져도 최소 8프로는 넘겨야 했다.

이 상태로 방송 끝날 때까지 몇 프로나 오를 수 있을까.

김 피디는 마른침을 다시 삼켰다.

'뭐, 이제 시작이니까.'

드라마는 이제 막 시작했을 뿐이다.

"최고남은 뭐 하고 있냐?"

"사무실에서 보고 있겠죠."

"윤소림도?"

방 국장이 팔짱을 낀 채 물었다. 대답을 원하고 한 질문은 아닌 것 같았다.

"모르겠네요. 뭐 같이 있겠죠."

"이번에 시청률 봐서, 괜찮으면 다음에 걔랑 같이 또 해봐."

"예?"

"우리 옛날에 어땠냐? 촬영하다 다리 까져도 반창고 하나 붙인 다음에 촬영하고, 촬영하다가 진짜 연탄가스 마셔도 세수 한번 하고 찍었잖아. 근데 요즘 애들 봐라. 좀만 삐끗하면 응급실 가고, 툭하면 쓰러져서 링거 맞았다고 기사 뜨고."

하지만 윤소림은 달랐다.

"윤소림 걔, 애가 강단이 있어."

전과 다른 후한 평에 김 피디가 눈을 가늘게 뜬다.

"대체 최고남한테 얼마짜리 추어탕을 얻어먹은 거예요?"

"아니야, 인마!"

*   *   *

2부 예고편을 끝으로 드라마가 끝났다.

윤소림은 눈을 질끈 감았다.

손에 쥔 핸드폰은 아까부터 계속해서 울려대는데 차마 볼 수가 없었다.

"후……."

긴 한숨을 내쉬고 핸드폰을 살폈다.

부재중전화, 메시지, 카톡에 숫자들이 잔뜩 달라붙어 있었다. 그리고 지금도 계속 핸드폰이 진동하고 있다.

"어, 지연아."

윤소림이 제일 먼저 전화를 한 상대는 당연히 가족이었다.

―언니, 드라마 대박! 진짜 재밌어!

"정말?"

―응. 다들 재밌다고 난리야. 친척들, 동네 주민들까지 오늘 우리 집에 모였잖아. 지금 반응 쩔어.

여동생의 신나는 목소리.

―엄마하고 아빠 입이 귀에 걸렸다니까? 둘 다 제대로 보지도 못했으면서. 엄마는 TV 앞에 앉지도 못하고 부엌과 거실을 오갔지, 아빠는 괜히 화장실만 들락거렸지? 후후, 언니 지금 어디야?

"나 지금 소속사 사람들이랑 같이 있지."

―엄마 바꿔줄까?

"아, 아니야. 내가 다시 전화할게."

얼른 전화를 끊었다.

지금 상태라면 엄마의 목소리만 들어도 눈물샘이 폭발할 것 같았다.

일단은 심호흡이 필요할 것 같아 호흡을 가다듬는데, 다시 핸드폰이 울렸다.

보지 않아도, 본능적으로 알 수 있었다.

대표님이다.

[소림아, 시청률 8프로 나왔다.]

*　　　　　*　　　　　*

8프로.

이른 아침 시간, 사람들이 출근하느라 바쁜 시간에 우리는 이 애매한 시청률 표를 앞에 두고 굳게 입을 다물고 있었다.

먼저 침묵을 깬 건 전유라 작가였다.

"제 탓이에요. 첫 장면에서 아파트에 불이라도 낼걸."

만나자마자 따귀도 좀 때리고, 멱살도 좀 잡고, 출생의 비밀도 집어넣을 걸 그랬다며 자책하는 그녀를 보며 김 피디도 뒷머리를 긁적거렸다.

"단막극 8프로면 좋은 거야."

나도 그 말에 동의해 고개를 끄덕였다.

단막극은 애초에 늦은 방송 시간대로 시청률에 불리할 수밖에 없다.

거기다 시청률이 낮다는 인식, 실험적이고 마니아적인 편이어서 한계가 분명히 있는 장르다.

"맞아요, 작가님. 우리가 20프로, 30프로 기대한 거 아니잖아요."

하지만 씁쓸한 건 사실이다. 내심 기대를 하고 있었다.

"그러게 지남철하고 남여울 스캔들 떴을 때, 너희도 적극적으로 나서서 맞기사 때렸으면 좋았잖아?"

김 피디가 퓨처엔터의 소극적인 대응을 살짝 탓했다. 그도 아쉬운 거다.

"됐어. 남들이 불쌍하다 불쌍하다 할 때는 가만있는 게 좋은 거야. 그리고 스캔들 보면서 우리가 눈에 들어오겠어?"

괜스레 진흙탕에 같이 발 담그는 것밖에 안 된다.

그 안에서 물장구치면 뭐가 발이고 뭐가 물고기인지 어떻게 아나.

그렇게 주목받을 생각이었으면 애초부터 힘든 짓을 하지 않았다.

"8프로면 괜찮은 건데, 왜 이렇게 아쉽냐. 재래시장 갔다가 맨손으로 온 기분이야."

김 피디가 빨대를 입에 물고 커피를 쪽쪽 빨아들인다.

굴곡이 있었던 만큼 그도 나름 기적을 바랐던 탓이다.

사실 누구나 다 기적을 바란다.

시청률 2프로대의 단막극이 10프로를 넘고 20프로를 넘기는 기적 말이다.

"그럼, 2부는 얼마나 나올까요?"

"이 상태라면 그보다 비슷하거나 좀 높겠지."

예상할 수 있는 최대치는 10프로대 초반.

김 피디가 입술을 지그시 깨물고 속삭인다.

"그거… 올릴 거지?"

마지막 회심의 일격.

나도 모르게 턱이 씰룩거린다. 그때, 핸드폰이 울렸다. 얼른 집어 들었다.

─사장님, 지금 사무실로 오셔야 할 것 같은데요?

"왜?"

─기자들 슬슬 입질하는데요?

흥분한 유병재의 목소리가 귓가를 때린다.

　　　　　　　*　　　　　　*　　　　　*

　―대박, 네티즌수사대 위엄 개쩌네.

　―남여울 일진 맞네, 빼박이네, 빼박!

　―국정원도 울고 갈 정보력이다. 트윗 시간대까지 분석한 것 보
고 소름!

　―비밀 계정까지. 지남철 남여울 완전 시청자 농락한 거네.

　"훗."

　남자는 콧방귀를 뀌며 수없이 달리는 댓글에 만족스러운 미
소를 드러냈다.

　그래서 맥주 한 모금을 마시고 계속해서 F5 새로 고침.

　―괜히 윤소림만 피 봤네.

　―피 보긴. 윤소림 두근두근 안 하고 드라마 선택한 게 신의 한
수였지.

　―맞아, 어제 공서 본 사람? 열라 예쁘게 나오던데?

　―외모 천재가 거기 있더라.

　―네티즌수사대 윤소림 정보 좀 찾아봐라. 신인배우 맞아? 어
제 연기 보니까 절대 아니던데?

　―다들 지금 유튜브 가봐, 현장 스태프가 올린 동영상 떴음. 윤
소림, 산소마스크 쓰고 촬영하더라. 알레르기로 쓰러졌는데, 그
상태로 버티고 찍었대.

"응?"

남자의 손이 빨라진다.

마우스 클릭 몇 번에 동영상 사이트에 접속한 그는 빠르게 검색했다.

윤소림, 산소마스크. 엔터!

.

.

.

"사장님, 반응 폭발입니다!"

김승권이 흥분해서 목소리를 높였다.

윤소림이 산소마스크를 쓰고 분투하는 영상이 유튜보에 올린 지 2시간 만에 조회수 10만을 넘기고 있었다.

이제는 페이지를 새로 고칠 때마다 숫자가 천 단위로 바뀌고 있었다.

"커뮤니티 반응도 좋습니다. 이제는 퍼 나르지 않아도 될 것 같아요!"

김나영 팀장이 마우스에서 손을 떼고 웃는다.

나 역시 이제는 감당할 수 없을 정도로 울려대는 핸드폰을 내려놓고 회심의 미소를 지었다.

"기적은, 이제 시작이야."

*　　　　*　　　　*

[단막극 그 이상의 감동을 보여준 〈공서〉]

[우리가 명품 단막을 볼 수 있었던 이유]

[믿고 보는 KIS표 단막극, 그 존재 이유를 설명했다]

[노련한 피디와 신인작가, 그리고 신인배우의 하모니]

[배우 윤소림은 누구?]

[신인 윤소림, 심각한 호흡곤란 불구 산소마스크 투혼!]

[투혼의 보답. 시청자는 응답했다. 두 신인의 솜사탕 키스에 시청률 13%]

고작 일주일 만이다.

일주일 만에, 세상이 바뀌었다.

공서 1회 시청률이 8프로, 그런데 한 주 뒤 방송된 2회 시청률이…….

"13프로라고?"

백대식은 두 눈을 믿을 수가 없었다.

그래서 끔뻑여도 보고, 찡그려도 보고, 부릅떠 보기도 했지만 인터넷 화면은 토씨 하나 바뀌지 않고 그대로였다.

"또…….."

최고남 이 개자식이 기어이 또 해냈단 말인가?

1회 시청률을 봤을 때만 해도 안심하고 있었다. 그래 봐야 단막극이니까.

그런데 윤소림 투혼 영상인지 나발인지가 인터넷에 뜨고 나더니 기류가 바뀌었다.

최고남의 배가 움직이기 시작한 것이다.

해적 깃발보다 검은 머리카락을 흩날리며 뱃머리에서 씩 웃고 있을 그놈을 생각하니 숨이 막히고 가슴이 버석한 느낌이었다.

"젠장!"

책상을 때렸더니 애꿎은 마우스가 뒤집혔다.

백대식은 어금니를 씰룩이며 키보드를 두드렸다.

윤소림, 산소마스크◁┙

"미친. 유튜브 조회수가 벌써 150만이라고?"

그뿐 아니라 KIS 이 자식들은 얼씨구나 하고 연예가소식에 단독 타이틀까지 붙여서 스태프들 인터뷰와 촬영 현장 영상을 추가로 내보냈다.

"병신들, 이딴 쇼에 넘어가다니."

이건 다 최고남이 꾸민 짓이다.

투혼? 개소리다.

이것들은 쇼일 뿐이다.

오직 최고남만이 생각하고 저지를 수 있는 일이라고!

"어, 성 기자!"

백대식은 핸드폰을 힘껏 움켜쥐었다.

"다른 게 아니고 여울이 기사 말이야. 내려줘서 고맙다고. 저녁에 밥 한번 먹자고 전화했지."

〈두근두근〉도 잠잠해졌으니 다시 반격할 차례다.

이게 쇼라는 것만 밝혀지면, 최고남과 윤소림은 그냥 매장이다.

—저 죄송한데…….

"왜? 오늘 시간 안 돼? 그럼 내일이라도 보지 뭐."

이놈이 안 되면 다른 놈도 있다. 기자들이 어디 한둘인가.

일단 아무 놈이나 구워삶아서 의문을 제기하고, 현장 스태프 구워삶아서 썰 하나 풀고, 댓글 작업 좀 하면 프레임 바로 짜이는 거니까.

어디 이런 일 한두 번 해보나.

ㅡ남여울 기사 다시 올려야 할 것 같은데요.

"뭐?"

백대식의 눈썹이 어그러졌다.

기자는 적당한 핑계를 계속 씨불였다.

ㅡ본부장님도 아시잖아요? 지금 윤소림 이름만 떠도 홈페이지 트래픽 확 오르는데, 거기다 남여울 껴봐요. 이건 뭐 고속도로 레커차 저리 가라지. 실검 확 뜬다니까요?

"야, 성 기자! 야, 이 새끼야!"

침을 튀겨가며 소리를 질렀지만 제 할 말만 하고 툭 끊어진 전화.

백대식은 혹시 몰라 재빨리 키보드를 두드렸다.

남여울 ↵

아니나 다를까. 기껏 막아놓은 기사들이 다시 고개를 들고 있었다. 눈알이 핑그르르 돌아가는데, 노크 소리도 없이 문이 열렸다.

"누구야……."

신경질적으로 치켜든 고개가 순간 얼어붙었다.

연성만 대표의 반듯이 넘긴 갈색 머리칼을 보자마자 백대식의 목은 바람 빠진 타이어처럼 바싹 쪼그라들어 울대만 덜렁 흔들렸다.

"대표님!"

"대식아."

연성만 대표는 소파에 앉아 그를 지그시 쳐다봤다.

칠흑 같은 어두운 눈이 닿으니 현기증이 훅 치고 올라온다.

떨리는 다리를 붙들고 바싹 다가간 백대식은 애써 태연한 얼굴로 상황을 브리핑했다.

"대표님, 걱정하지 않으셔도 됩니다. 여울이 기사는 거의 내려갔고, 지금 윤소림 영상은 벌써 기자들 사이에서 조작된 거라는 얘기가 나오고 있습니다. 그러니까…"

"월요일부터 아카데미로 출근해."

연성만 대표의 통보에 심장이 무너진다. 기자 새끼의 개소리에는 뒤통수가 얼얼했는데.

"대표님, 지금 해야 할 일이 산더미입니다. 이번에 데뷔 조 팀명도 정해야 하고……."

"가. 데뷔 조에서도 손 떼."

"대, 대표님, 전 이 회사가 전붑니다!"

어떻게 올라간 자린데.

무려 십수 년을 버티고 버텨서 올라간 자리다.

이 한 번의 실수로 계열사나 빙빙 돌다가 피죽 하나 못 얻어먹은 꼴로 여길 떠날 수는 없었다.

"최고남이 왜 여길 떠났는지 알아?"

연성만 대표의 눈은 흔들리지 않았다. 그 대신 그는 질문을 던졌다.

"그건……."

알 리가 있나. 다들 미친놈이라고 했는데.

"대식아, 그놈은 N탑이라는 이름을 벗어던지고 제힘으로 서고 싶었던 거야."

꿀꺽.

"그런데 너는 뭐냐. N탑 이라는 이름을 등에 업고도 홀로서기 한 놈보다 못하고, 쯧쯧."

연성만 대표가 혀를 차는 이 순간, 백대식의 머릿속은 새하얗게 변해 버렸다.

그런 그에게 연성만 대표는 마지막 말을 하고 자리에서 일어났다.

"아카데미에 가 있어."

*   *   *

"소림이의 봄날을 위하여!"

쨍 소리와 함께 맥주잔들이 부딪쳤다.

열 명도 안 되는 퓨처엔터 식구들이 호프집을 통째로 빌렸다.

비록 파리만 날릴 것 같은 변두리 호프집이지만 여배우가 맘 편히 술 한잔하려면 대표가 이 정도는 써야 하는 것 아닌가.

"윤소림 너무 예뻐요, 윤소림 앞으로 롱런할 배우, 공서 너무 재밌게 봤어요, 16부작으로 정식 편성 해라… 등등!"

은별이 삼촌이 치킨 하나를 입에 물고 기사 댓글을 죽죽 읽었다.

이제는 겁이 난다. 저러다 월급 달라고 할까 봐.

아무튼 벌써 몇 개째인지 모르겠지만 다들 귀를 후벼가며 듣고 또 듣고, 릴레이 하듯 댓글을 읽는다.

"윤소림 놀이터 장면에서 입은 블라우스 아시는 분? 되게 예쁘네? 크크, 그거 구하기 힘들걸? 내가 도쿄에서 충동구매 하고 1년을 짱박아뒀던 옷이거든?"

차가희도 발을 까딱거리며 댓글을 읽었다.

"스타일 팀 열일하는 듯, 진짜 윤소림 옷 잘 입는다!"

"야, 양심이 있으면 네가 쓴 거는 읽지 마."

"티 나요?"

너무 많이 나서 문제지.

"치."

혀를 빼죽 내미는 차가희 팀장의 모습에 다들 까르르 웃는다.

"윤소림 소속사는 일 좀 해야 할 듯, 이럴 때야말로 언플 해야 하는 거 아님? 크크크."

"뭐어? 우리가 얼마나 일 열심히 했는데! 쥐도 새도 모르게 했으니까! 안 그래요?"

핸드폰 액정 화면에서 뿜어진 빛이 김나영 팀장의 붉게 달아오른 얼굴을 밝혔다.

나는 흐뭇한 얼굴로 직원들과 윤소림을 바라봤다.

어찌나 사랑스럽게 보고 있었는지, 내 눈동자에서 하트가 쏟아진다고 난리들이다.

'바뀌었어.'

정말 운명이 바뀌었다.

기억하기 싫은 순간들은 이곳에 없다. 여기는 행복한 현재가, 두근거리는 미래가, 그리고 웃음이 있었다.

직원들과 윤소림의 미소 만땅인 얼굴이 그 증거였다.

"뭐야, 사장님 지금 눈물 찔끔?"

"울긴 누가 울어? 콧물이야."

"아닌데? 그거 눈물인데? 콧물이 눈에서 흐르면 기네스북 도전해야 하거든요?"

차가희가 깐죽거린다. 김나영 팀장도 깔깔 웃으며 핸드폰을 꺼내 들었다.

찍어야 한다고, 이거 꼭 남겨야 한다고.

격 없는 그녀들의 모습에 막내들도 기분 좋게 웃고 있다.

그래도 되는 자리다. 오늘은.

"저기, 소림 씨하고 사진 한번 찍을 수 있을까요? 저 소림 씨 팬입니다."

호프집 사장이 싱글벙글 웃는 낯으로 다가왔다.

윤소림이 귀밑머리를 쓸어 올리며 나를 바라본다.

고개를 끄덕이자 일어나서 사진을 찰칵!

들뜬 얼굴의 호프집 사장이 물러나자 윤소림이 숨을 고르며 속삭였다.

"아직도 어색해요. 사람들하고 사진 찍는 거."

"걱정 마, 이제 익숙해질 테니까."

지난 일주일, 윤소림을 알아보는 사람들이 많아졌다.

전에는 회사 앞 카페를 가도 그냥 예쁜 여자를 보듯 슥 봤는데, 이제는 꼭 수군거리는 소리에 이어 사람들이 다가와 사인을 요청한다.

그 확 달라진 변화가 낯설지 않으면 오히려 이상한 일이다.

"자, 다들 잔 채워!"

나는 자리에서 일어났다.

그리고 꽉꽉 채운 잔들을 앞에 둔 직원들을 바라본다.

마치 시간을 거슬러 가듯, 모든 순간이 눈앞을 스쳐 간다.

물론 누군가는 정당하지 않은 방법이라고 할지도 모른다.

하지만 내게는 그 무엇보다 정당한 방법이었다. 운명을 바꿀 수만 있다면, 그래서 윤소림을 구렁텅이에서 끌어낼 수만 있다면… 얼마나 바랐던가.

"사장님!"

유병재가 큰 목소리로 나를 불렀다.

그제야 나도 턱에 매달린 눈물을 닦아냈다.

이번에는 진짜로 대놓고 울었는데, 여자들은 미소만 짓고 있다.

"사장님이 해낸 거예요!"

입에 발린 소리는.

"맞아요. 사장님이 해내신 거예요."

윤소림까지 거들었다. 하지만 나는 고개를 가로저었다.

"아니, 우리 모두가 해낸 거야."

*   *   *

최고남, 아니, 저승사자는 사무실을 찬찬히 훑어봤다.

빙의된 순간 최고남의 몸은 온전히 그의 것이었다. 최고남의 영은 잠시 깊은 잠에 빠져들었다.

인간의 몸에 깃든 것이 얼마 만인가.

저승의 엄격한 규칙이 적용되는 저승사자는 잡귀들의 잔재주나 다름없는 빙의는 철저히 금하고 있었다.

하지만 지금 그는 저승사자이면서 영으로 신분이 전환된 상태.

하물며 작금의 상황이 언제까지 이어질지 알 수가 없었다.

"대체 신께서는 내게 왜 이런 시련을 주시는 건지."

이유야 있을 것이다.

만물의 모든 것에 이유가 깃들어 있듯이 말이다.

하지만 그동안 지켜본 최고남은 생각보다 악덕하지 않았다.

"아니지. 늙어서 고약한 성미가 옅어진 것일 수도 있지."

명부에 기재된 내용을 결코 허투루 봐서는 안 된다.

저승사자로서의 신분을 잊고 잠깐의 모습에 감화된다면, 최고남에게 원한을 품은 이들의 심정을 누가 헤아려 준단 말인가.

"암, 그래서는 안 되지."

이제 빙의를 했으니 해야 할 일을 해야 했다.

저승사자는 최고남이 그랬듯이 수화기를 들었다.

신호가 가고.

―예, 중국집입니다!

"짜장면 하나만 배달해 주세요. 그리고 탕수육도."

군만두는 서비스.

짬뽕 국물은 덤.

*   *   *

"아후, 왜 이렇게 배가 부르냐."

어제 맥주를 너무 많이 마셨나.

아무튼 오늘 아침은 기분이 상쾌하다.

평소 같으면 업보를 해결해야 한다고 아침부터 쫑알거릴 저승 사자 녀석도 옆 건물에서 햇볕이나 쬐고 있고.

나는 핸드폰을 확인했다. 여기저기서 문자가 많이도 왔다.

기자들, 김 피디, 방 국장까지 다들 한턱내라며 난리다.

하지만 그 어디에도 전화하지 않는다.

오늘은 일하고 싶지도 않았고, 매니저로서도 대표로서도 뛰고 싶지 않다.

그냥 지금만, 지금만 즐기고 싶다.

"대표님, 부르셨어요?"

골덴바지에 두 손을 깊이 꽂은 유병재가 사무실로 들어왔다.

"밥 먹었냐? 제수씨가 아침 차려줘?"

"오늘은 얻어먹었습니다."

"그래, 아침 거르지 말고. 이거."

"뭐예요?"

유병재가 내 손을 바라본다. 반 접힌 종이봉투.

"아들 생일이잖아? 어디 가서 외식이라도 하라고."

"아셨어요?"

"내가 어떻게 잊어. 제수씨 출산할 때 내가 봉고차 몰고 너 병원까지 데려다줬잖아, 기억 안 나? 그때 너는 조수석에서 벌벌 떨고 있고, 나는 미친 듯이 밟았고."

나는 옛 기억에 빙긋 웃으며 유병재의 어깨를 툭 쳤다.

미안함이 실린 손길이었다.

한때 회사가 힘들어졌을 때, 유병재는 아이가 아파서 회사를 그만두고 떠났다.

나중에 다시 오라고 했지만 자존심 때문인지 유병재는 끝까지 거절했었다. 그게 못내 마음에 남았었는데.

"미안하다. 나 믿고 따라왔는데 그동안 정신없어서 소홀했어. 미안하고, 앞으로도 우리 잘해보자."

유병재는 내가 내민 손을 바라보기만 했다.

그래서 나는 녀석의 손을 붙잡아 손등을 툭툭 두드리고는 봉투를 쥐여주고 내려놓았다.

"오늘 스케줄 뭐 있어?"

"연예가소식 촬영 있습니다."

"그거 후딱 끝내고 오늘 같은 날은 일찍 들어가."

오늘 같은 날.

앞으로 무슨 일이 일어날지 모른다.

이 시청률과 화제가 윤소림에게 광고를 물어다 줄지, 작품을 물어다 줄지. 그래서 소속사에 어떤 영향이 있을지. 아직 확정된 것은 아무것도 없었다.

그래서 일단 웃고 있기는 하지만 내일은 어떻게 될지 모르는 거다.

"그럼 수고하고."

뒤돌아서려는데, 유병재가 입을 열었다.

"저, 사장님."

"응?"

"열심히 하겠습니다."

"그래, 잘 들어가."

"근데 어디 가세요?"

"배드민턴 치러."

*   *   *

배드민턴 셔틀콕이 주차장 한가운데 그려진 라인을 넘나든다.

은별이는 토끼 얘기를 하면서 힘껏 배드민턴 채를 휘둘렀고, 나는 이런저런 질문을 하며 배드민턴 채를 대충 휘둘렀다.

"이름이 뭔데?"

"토토."

"토토?"

위험한 이름이다.

"먹이 주면 입술을 오물거리면서 먹는데, 되게 귀여워요!"

나는 잠시 동안 동물을 키우는 방송도 나쁘지 않겠다고 생각했다.

은별이 고양이나 토끼, 아니면 멍구… 아니다. 그 자식은 아닌 것 같다.

휙!

잠깐 딴생각을 하며 휘두른 배드민턴 채가 셔틀콕을 멀리 날려 버렸다.

"아이, 진짜!"

은별이가 찌푸린 얼굴로 쏘아본다. 나는 어깨를 으쓱하고 물었다.

"은별아, 한 번 봐줄까?"

"그러기만 해봐요!"

곧바로 서틀콕이 날아온다.

봐줄까 말까 잠깐 고민했지만, 일부러 크게 헛스윙을 했다.

"아이쿠!"

아쉬워 죽겠다는 표정으로 한숨을 쉬는데, 은별이가 눈을 가늘게 뜬다.

"시방, 지금 할리우드액션을 하는 겨?"

사투리 촬영 한번 하더니 사투리가 입에 달라붙은 모양이다.

"아니야, 진짜 제대로 하다가 놓친 거야."

"안 되겠다. 멍구야, 혼내줘!"

"왈왈!"

털이 복슬복슬한 강아지 새끼가 제정신이 아니다.

지가 늑대인 줄 아나. 아니야. 너 똥개야, 똥개!

멍구를 피해 껑충껑충 뛰면서, 나는 꺄르르 웃는 은별이를 눈에 담았다.

왠지 이 녀석과 이런 관계도 나쁘지 않겠다는 생각이 든다.

이렇게 친구처럼, 나중에 이 녀석 남자 친구도 보고, 더 먼 시간 뒤 결혼도 하고 가정도 이루는 모습을 지켜보는 건 어떤 기분일까.

그때까지 은별이와 나는 좋은 연기자와 좋은 사장님으로 남을 수 있을까.

어쩌면 그것도 나름 성공한 인생이지 않을까.

"후후."

오늘은 내 인생 최고로 행복한 날이다.

＊　　　　＊　　　　＊

까똑!

[야야, 방송국에서 일하면 윤소림 사인 정도는 껌 아니야?]

[그러게, 방송국 놈 하나 써먹기 힘드네. 윤소림 사인 하나 얻는 게 뭐가 그리 힘들다고 말이냐.]

[쓸모없는 놈. 취직했을 때 사준 소고기 토해내라. 창자를 쫙쫙 짜내, 이 자식아!]

[아, 자식들. 사인을 받고 싶어도 윤소림이 없는 걸 어떻게 하냐? 걔가 지금 빵 뜨긴 했어도 방송국에 오질 않는다고!]

[그럼 취재 나간다고 하고 걔네 소속사 가면 되잖아?]

[등신들아! 내가 기자냐? 나 아직 입봉도 못 한 조연출 나부랭이거든?]

[그래서 윤소림 사인은 물 건너갔다 이 말이냐? 에라잇!!]

[물 건너갔다는 말은 안 했다.]

[오오! 그럼 뭔가 있는 겨?]

[오늘 윤소림하고 송연우 인터뷰 찍는다. 그래서 지금 로비로 마중 가는 중.]

[헐]

[헐2]

[헐3]

조연출 민도식은 단톡방을 들쑤시고 핸드폰을 주머니에 쑤셔 넣었다.

지난주 연예가소식은 〈공서〉의 현장 스케치와 인터넷에서 화제인 윤소림 투혼 동영상을 취재했다.

이번 주는 배우들 인터뷰 차례였다.

"자식들, 윤소림한테 아주 제대로 빠졌네."

하여간 자식들, 좀만 예쁜 여자가 나오면 그냥 헤벌쭉이다.

"그게 다 화면발인 줄도 모르고."

배우들을 실제로 보면 어딘지 모르게 어색한 부분이 많다.

키만 멀대같이 크거나, 성형 탓에 이목구비가 유별날 정도로 또렷한 얼굴들을 마주 보면 당황스러울 때도 있다.

물론 눈이 번쩍 뜨이게 잘생기고 예쁜 애들도 있지만, 실상은 그냥 화장발이다.

'누가 그랬더라. 대세는 화장발이라고.'

심드렁한 얼굴로 엘리베이터에서 내린 조연출은 손에 쥔 큐시트를 제 허벅지에 툭툭 부딪히면서 주차장으로 향했다.

"딱 맞춰 왔네."

마침 퓨처엔터의 차로 보이는 스타렉스 한 대에서 사람들이 우르르 내린다.

선글라스를 쓴 금발 머리 여자, 남색 스카프를 목에 맨 여자, 덩치 큰 매니저까지.

"뭐야, 소속사 식구들 다 데려온 거야?"

진귀한 풍경에 어이없어하던 조연출은 마지막으로 내린 여자의 뒷모습을 보며 고개를 까닥하고 다가갔다.

"안녕하세요, 연예가소식 조연출입니다. 퓨처엔터 윤소림 씨 맞으시……."

툭.

뒤돌아선 윤소림의 모습에 조연출은 손에 쥔 큐시트를 떨어뜨렸다.

봄이다.

햇볕 아래에만 있어도 기운이 솟는 봄이었다.

환한 햇살을 받은 얼굴이 티 하나 없이 맑고 하얗다.

촘촘한 눈썹에 긴 머리카락에서는 윤이 났다. 콧날은 시원했고 입매는 붉고 단아했다. 여름이 오면 땀방울이 송골 맺혀 흐를 이마는 볼록하고 환했다.

"예. 제가 윤소림 매니접니다."

"안녕하세요, 저는 윤소림 스타일리스트 차가희 팀장이에요!"

"저는 퓨처엔터 김나영 팀장입니다."

다른 사람들의 인사 따위는 관심도 없다.

그냥 비키라고 말하고 싶다. 윤소림 가리지 말고 비키라고.

"안녕하십니까. 배우 윤소림입니다! 잘 부탁드립니다!"

나른한 햇살, 주머니에서 진동하는 핸드폰, 그리고 눈앞의 선녀.

인생 최고의 봄을 맞은 조연출이었다.

*   *   *

"오늘은 화제의 인물들이죠? 배우 윤소림 씨와 송연우 씨 모시겠습니다!"

"안녕하세요, 윤소림입니다!"

"송연우입니다!"

리포터의 박수 소리에 두 배우는 미소로 화답했다.

"먼저 소림 씨, 이제 몸은 괜찮으신 건가요?"

"예. 아직 병원 치료를 받고 있지만 많은 분이 걱정해 주신 덕에 많이 괜찮아졌습니다."

"저도 그 영상 봤거든요. 소림 씨가 숨을 쉑쉑 내쉬는데 가슴이 아파서 죽는 줄 알았습니다."

리포터는 넉살 좋게 웃으며 윤소림에게 질문을 계속 던졌다. 지금 시청자들이 가장 원하는 인물은 윤소림이었기 때문이다.

"병원과 소속사 대표님이 결사반대 했다는데, 그래도 그렇게까지 해서 촬영을 하려고 했던 이유가 뭔가요?"

"후딱 끝내고 싶었거든요."

소리 없는 웃음 뒤에 윤소림은 다시 말했다.

"실은… 무서웠거든요. 이 기회를 놓칠까 봐."

그래서 잊힐까 봐.

하룻밤의 달콤한 꿈을 위해서 긴 연습생 생활을 버틴 것이 아니다.

꿈을 이루고, 더 나아가 성공하고 싶은 건 누구나 바라는 거니까.

"그래서 대표님을 설득하고 설득했어요. 물론 현장에서 잘 대처해 주셨고, 스태프 분들과 감독님이 배려를 많이 해주셨어요. 그분들이 있었기에 할 수 있었어요. 저 혼자서라면 말 그대로 객기였을 거예요."

윤소림은 차근차근 그날의 일을 얘기했다.

간혹 어두운 얘기를 꺼낼 때면 카메라 밖에서 지켜보고 있는 퓨처엔터 식구들을 바라봤다.

여기까지 혼자서 온 것이 아님을 누구보다 잘 알고 있었기에, 그들의 시선에 위로와 힘을 얻었다.

"이 질문을 안 드릴 수가 없네요, 연우 씨."

송연우가 각오한 얼굴로 리포터를 마주 봤다.

"의도치 않게 그런 일이 벌어졌는데, 많이 놀라셨겠어요."

투혼 영상이 뜨면서 드라마의 관심과 더불어 송연우에게도 관심이 쏠렸다.

네티즌 다수는 그래도 이해하는 편이었다.

상대 배우가 사과 알레르기가 있음을 몰랐다는 건 둘째 치고, 사과즙 하나에 그런 일이 벌어질 줄 누가 알았을까.

'하물며 윤소림 소속사도 윤소림의 알레르기에 대해서 몰랐다는데 송연우가 어떻게 알았겠냐', '그냥 똥 밟은 거다'라는 동정의 댓글들이 주를 이뤘다.

하지만 현장에서는 죄인일 수밖에 없었다.

스태프들이나 감독은 어쩔 수 없는 일이라고 했지만 송연우는 윤소림과 마지막 촬영을 하는 내내 식은땀이 뻘뻘 흘렀다.

"많이 놀랐죠. 소림 씨한테는 진짜 죽을죄를 지었으니까."

"그럼 두 분은 이제 사이좋으신 거죠? 풍문에는 카메라 불 꺼지면 찬바람이 쌩쌩 돌았다는 소문이 있던데, 하하."

"아휴, 아닙니다. 소림 씨가 오히려 저한테 괜찮다고 신경 쓰지 말라고 계속 얘기해 줬는걸요."

손사래를 치고 송연우가 다시 말했다.

"여러분, 저 나쁜 놈 아니에요!"

화기애애한 분위기 속에서 인터뷰 촬영이 얼추 마무리될 즈음, 리포터가 마지막 질문을 던졌다.

"자, 저희 제작진이 두 배우분에게 카메라를 독차지할 수 있는 30초의 시간을 드리기로 했습니다. 하고 싶은 말씀, 혹은 자기 피알, 아니면 사랑하는 연인이나 가족에게 보내는 영상 편지를 남기시면 됩니다. 송연우 씨, 준비되셨나요?"

여태 윤소림에게 포커스가 맞춰졌지만, 아이러니하게도 마지막 컷에 윤소림이 잡혀야 하기 때문에 이번 질문은 송연우에게 먼저 기회가 갔다.

카메라 화면에 비친 굵은 눈썹이 꿈틀거린다.

송연우는 뭔가를 잠깐 생각하더니 입을 열었다.

"우리 매니저 형."

뜻밖에 자신이 언급되자 매니저가 눈썹을 쫑긋 올린다.

"그동안 투덜댔던 거 미안해요. 형도 알잖아? 나 못난 놈인 거. 우리 사장님도 감당 못 하는 나를 사람 만들려고 불철주야 뛰어다니는 거 잘 알고 있어요. 말은 못 했는데… 고마워, 그리고 사, 사… 그 말은 못 하겠다, 하하. 아, 엄마! 동네 사람들 힘드셔. 그만 자랑해. 나 이제 겨우 방송 나오기 시작해서 사람들이 잘 몰라요. 그러니까 다리도 아픈데, 집에 계셔요. 아까 말한 사인 열 장 보낼게요. 끝!"

"어머님이 사인 열 장 보내라고 하셨나 봐요?"

크게 웃은 리포터가 이번에는 윤소림을 돌아봤다.

무슨 얘기를 하려고 하는지 그녀의 분홍빛 입술에 붙은 미소가 벌써부터 안쓰럽다.

"자, 소림 씨."

마침내 그녀 차례가 왔다. 그런데, 카메라에 얼굴이 비치자마자 그녀의 눈시울이 붉어지고 눈물방울이 또르르 흘렀다.

떨림이 묻은 입에서 나온 단어 하나.

"엄마……."

*　　　　*　　　　*

"그래서 펑펑 울었어?"

―예, '엄마' 한마디 하고 30초 내내 엉엉 울더라고요.

"그럴 만도 하지."

연습생들은 숙소 생활을 한다.

기약 없는 꿈을 위해서 가족과 헤어져 지내며 치열한 생존 경쟁에 뛰어든 그들에게 가족에 대한 그리움은 남다른 것이다.

가수를 꿈꾸는 연습생은 음악방송 1위 수상 소감으로 엄마를 부르는 게 꿈이고, 배우를 꿈꾸는 연습생은 카메라 앞에서 엄마를 부르는 게 꿈이다.

그러니 마침내 그 순간 앞에 도달한 윤소림의 마음이 어땠을까.

―송연우도 매니저한테 영상 편지 보내고. 여기 아주 감동의

바다라니까요.

송연우 이 영민한 자식.

훈훈함을 가장한 쇼 아닐까 싶다. 편견 때문인지 도무지 좋게 볼 수 없는 놈이지만, 어찌 됐든 그놈의 사과즙 덕에 강렬한 한 방을 날릴 수 있었으니까.

당분간 그놈 거기는 무사할 거다. 나는 빚지고는 못 사니까.

—근데 사장님, 어디세요?

"어디 좀 왔어. 이제 후회하지 않으려고."

—예? 그게 무슨 말씀이세요?

"니가 내 마누라냐?"

꼬치꼬치 캐묻는 유병재의 전화를 끊고, 전유라 작가에게 전화를 걸었다.

"기분이 어때요?"

입봉작의 성공에 들뜬 작가에게 묻기에는 부적절한 질문이지만, 그래도 누군가 물어주길 기다리고 있을 테니까.

—뭐, 그렇죠.

전유라 작가는 담담한 목소리였다.

하지만 첫 촬영에서 본 그녀의 모습을 떠올린 내 입에선 피식 웃음이 새어 나왔다.

가슴팍에 대본을 꼭 끌어안은 채 카메라 앞에서 동선을 맞추는 윤소림과 송연우를 보며 눈썹을 좁히던 그녀의 모습은 새 장난감을 눈앞에 둔 아이 같았다.

"다음 작품은 뭐 하실 거예요?"

—예?

달리는 차 안에 산의 그림자가 드리워진다.

그녀의 목소리가 그 산처럼 봉긋 올라오더니, 허전한 웃음을
흘리며 말했다.

—모르겠네요. 입봉을 하면 세상 다 가진 것처럼 행복할 줄
알았는데, 미니나 연속극은 엄두도 안 나네요. 열여섯 개를 어
떻게 써.

엄살을 피우는 전 작가의 목소리가 듣기 싫지 않다.

오히려 미소가 나올 일이다. 70분짜리 편성의 드라마 대본을
쓰는 그 어려운 일을 전 작가가 해냈으니까.

이야기를 만들고 이끌어간다는 것은 새삼 놀라운 일이 아닐
수 없다.

"하나씩 하면 됩니다."

—하나씩이요?

"아, 인생 깁니다. 오늘도 있고 내일도 있는데, 뭐가 걱정입니
까? 자료 조사 열심히 하고, 한 자 한 자 꾹꾹 눌러쓰고, 뭐 마
음에 안 들면 갈아엎고. 그렇게 하나씩 하면 됩니다."

—치.

통통한 볼에서 새어 나왔을 바람 빠지는 소리가 들린다.

결국 전유라 작가가 깔깔 웃는다. 세상 어디에 이렇게 행복한
웃음소리가 다 있을까.

—말없이 들어주는 사람, 묵묵히 도와주는 사람, 언제든 의지
할 수 있는 사람, 그 속에 무엇이 담겨 있어도 눈빛에 진심이 비
치는 사람.

"그게 누구예요?"

―제가 본 최고남이란 캐릭터죠. 대표님은 마치 해결사 같아요.

"해결사요?"

―대표님이 다 해결해 주시잖아요? 원하는 배우 캐스팅됐지, 내 자리 지켜줬지, 걱정거리도 훅 날려주셨지. 내가 올해는 운이 확 트이려나 봐요?

햇살을 등에 업은 톨게이트 그림자가 차 앞 유리에 달라붙는다. 나는 통행증을 뽑다가 문득 그런 생각이 들었다.

이제 전유라 작가는 어떻게 될까.

"지켜보자고요 그 운이 어디까지 트일지. 저하고 같이."

아주 오랫동안.

―근데 지금 어디세요? 제가 대표님 술 한번 사야 하는데.

"술은 무슨. 제가 작가님에게 식사 한번 대접해야죠."

―아니에요. 대표님 고생하셨는데, 보상받으셔야죠.

"보상은 드라마 잘 끝난 거로 충분히 보상받았습니다. 근데 작가님, 저 고속도로거든요? 서울 올라가면 찾아뵐게요. 그때, 맥주 한 캔 콜?"

―콜!

기분 좋게 확답하고 오래된 고목 아래 차를 세웠다.

그 옆에는 실개천이 흐르고 있었다. 멀리 보이는 숲에는 진달래며 개나리가 만개했다. 벚꽃도 보이고. 그리고 파란색 대문, 파란색 지붕이 있는 집이 보인다.

터벅터벅.

그곳으로 한 발 한 발 내디디면서 어느새 나도 모르게 눈시울을 붉히고 있었다.

"사실, 살면서 무수히 많은 후회가 있었어."

그 선택을 하지 않았다면, 그때 다른 선택을 했더라면.

성공으로 향하는 길에서 삶은 늘 선택을 요구했고, 그 선택들이 만든 결과는 다시 되돌릴 수가 없는 법이었다.

그렇게 쌓인 많은 후회 속에서 내가 한 가장 큰 후회는 두근두근도 아니었고, 전유라 작가와의 인연도 아니었고, 윤소림의 실패도 아니었다.

내 가장 큰 후회는 바로 한 사람을 향한 후회였다.

나는 저승이를 쳐다봤다. 녀석은 그 운명은 바꿔서는 안 된다고 말하는 것 같았고, 나는 어떻게든 이번에는 그 운명을 바꿀 거라는 의지를 다졌다.

"그날 내려오라고 했을 때 내려갔다면, 전날 밤 전화했을 때 눈치챘다면, 그전부터 몸이 안 좋다고 했을 때 병원에 데려갔다면……."

돌아가고 싶어도 다신 돌아갈 수 없던 그 선택의 순간들.

그래서 다시 돌아왔을 때, 제일 먼저 이곳에 달려오고 싶었지만 두려웠다.

모든 것이 꿈일까 봐, 그 한 사람을 보지 못하고 깰까 봐.

하지만 이제는 꿈에서 깨도 될 것 같았다. 그래서 깨게 된다면 마지막에, 꼭 보고 싶었다.

[밖에서 기다릴게요. 실컷 부르세요, 그 이름.]

저승이의 허락이 떨어지자마자 나는 더 기다리지 않고 외쳤다.

"엄마!"

    .

    .

    .

떨리는 손으로 파란 문을 밀치자 이름 모를 풀들이 즐비한 담장 한편에 가지런히 놓인 장작과 항아리들이 보인다.

창고 앞을 지키는 고양이 한 마리와 멍멍 짖는 누렁이.

기억 한편에 자리 잡은 너른 마당이 젖은 눈동자에 선명히 비쳤다.

코흘리개 어린아이가 사춘기 중학생이 되고.

건장한 청년으로 자라고.

빡빡머리 군인의 전역 인사에 어머니가 맨발로 달려 나왔던 기억들이 강물처럼 차올랐다.

'엄마…….'

그런데 우리 엄마는 어디 있는 걸까.

툇마루 앞에 선 채 열리지 않는 방문을 바라봤다. 가슴이 파르르 떨려왔다. 심장이 두근거리고 입이 바싹 말라붙었다. 지금까지의 모든 것이 꿈이었다면, 저 문은 열리지 않을 것이다.

두려움이 엄습한 순간이었다.

"왔으면 그냥 들어오지, 왜 소리를 지르고 그래?"

삐걱거리는 소리와 함께 방문이 열린 순간 목 언저리가 저려왔다.

그동안 아무리 생각하려고 해도 떠오르지 않던 그 얼굴이었다. 꿈에서 한 번만이라도 꼭 보고 싶었던 그 얼굴.

우리 엄마.

볼이 간지럽더니 눈물방울이 모여 구두코 위로 뚝뚝 떨어졌다. 그래도 나는 고개를 숙이거나 눈을 감지 않았다. 그렇게 후회했고, 그렇게 보고 싶어 하던 어머니 아닌가. 다 큰 놈이 운다고 흉을 본들 그게 무슨 상관이람.

"무슨 일 있어?"

따뜻한 방바닥에 엉덩이를 붙이기 무섭게 한 상이 뚝딱 나왔다. 자반고등어 한 마리에 구수한 된장찌개, 손맛 담긴 봄동까지.

밥 한 공기를 순식간에 해치운 아들을 바라보는 어머니의 눈빛이 걱정으로 물들었다. 걱정하는 부모에게 자식이 보일 수 있는 건 하나뿐이다.

"일은 무슨. 엄마, 한 그릇 더 주라."

나는 씨익 이를 드러내고 빈 밥그릇을 내밀었다.

"여태 밥도 안 먹고 뭐 했어?"

"소림이 아시죠? 저번에 엄마한테 인사했던 애. 걔가 지금 난리잖아."

"그래, 나도 봤다. 예쁘고 싹싹하더니만 요즘 TV에 많이 보이더라."

"내가 그랬잖아? 걔는 될 거라고."

"암, 우리 아들이 데리고 있는 앤데."

마주 본 어머니의 얼굴에 목이 메어온다. 좀 더 자주 내려올 것을. 지금 생각해도 일 년에 한두 번은 너무했다.

"내 정신 좀 봐라. 물 가져다줄게."

"엄마, 앉아봐요."

일어서는 어머니를 보며 방바닥을 천천히 쓰다듬었다.

겨우 펴졌던 허리가 다시 굽는다. 그 등을 보며 나는 꼭 해야 할 말을, 이제야 꺼낸다.

"다음 주에 병원 예약해 놓을 테니까, 가서 건강검진 한번 받자."

"건강검진은 무슨."

손사래를 친 어머니가 넌지시 다시 물었다.

"근데… 또 내려오려고?"

"전부터 몸 안 좋다며."

"다 그냥 하는 말이야. 나이 먹으면 안 쑤시는 데가 어디 있어?"

"아무튼 이번에 한번 받자. 알았지?"

마지못해 고개를 끄덕인 어머니의 모습을 눈에 담고 입안 가득 밀어 넣은 밥을 꼭꼭 씹었다.

"진짜 맛있네……."

밥이 이렇게 맛있다는 것을 그때는 왜 몰랐을까.

그때는 왜.

＊　　　　＊　　　　＊

"…사랑해요."

사람은 참 영악하다. 이 말을 수십 번 수백 번 할 수 있다고 생각했는데, 어머니의 미래를 바꿀 수 있다고 생각하니 또 나중으로 미루게 된다.

평일 오후의 고속도로는 마음까지 뻥 뚫릴 정도로 한산했다.

마치 구름을 타고 달리는 기분이랄까.

살짝 연 창문에서 봄바람이 스며든다. 토끼 구름도 보이고, 저건 멍구 새끼 닮았네. 그리고 우리 아티스트들도 보인다.

'윤소림.'

〈공서〉에서 녀석은 내 생각보다 훨씬 놀라운 모습들을 보였다.

나이도 그렇고 경험도 부족하기에 윤소림이 깊은 연기를 보여 주지 못할 거라는 계산은 완전히 틀렸다.

'은별이.'

꼬맹이는 아주 잘하고 있다. 누구보다 밝고, 누구보다 긍정적이다. 함께 있으면 주변 사람들에게 에너지를 주는 아이였다. 물론, 성장 가능성 백프로.

'전 작가는 또 어떻고.'

그녀와의 관계는 지금이 적당할 것 같았다. 소속 계약을 하는 것도 고려해 봤지만 그녀에게는 길을 제시해 줄 사람보다는 부딪치고 깨지는 경험이 더 필요하다. 무엇보다 본격적으로 제 실력을 보여주려면 시간이 좀 더 걸릴 테고.

그러니 인연을 유지하면서 멘탈을 관리해 주는 편이 좋을 것이다.

회사에 도착해 사무실 의자에 앉는 순간까지 여러 가지 생각들이 휘몰아쳤다.

분명한 것은 나는 수많은 잘못을 저질렀다는 거다.

그리고 그걸 전부 되돌려 놓아야 한다는 거다.

"이제, 진짜 시작이야."

*　　　　　*　　　　　*

「6월, 여름의 시작」

 리포터, 기자, 칼럼리스트, 잡지사 에디터가 논현동 D사 본사에 모였다.

 오늘 이들은 봄 햇살이 충만하게 스며든 회의실에서 D사의 의뢰를 받아 향후 5년의 연예계를 분석하기 위해 모였는데, 가십 거리든 뭐든 허심탄회하게 쏟아내는 것이 미팅의 목적이었다.

 "보이그룹에서 넘버원은 다들 아시다시피 여섯소년들인데, 얘들은 올해도 상승세를 유지할 것 같아요."

 QM 매거진의 에디터가 손에 든 종이컵을 내려놓았다. 국내를 떠나 세계로 발돋움한 아이돌 그룹 '여섯소년들'이 빠진다면 이 자리를 만든 의미가 없을 정도로 그 인기가 타의 추종을 불허하는 그룹이다.

 "그렇죠. 딱히 트러블도 없고, 현재도 인기 고공 행진이고, 무엇보다 유유가 자리를 확실히 잡았잖아요."

 매달 사생팬 사고 소식이 들릴 정도로 팬들을 몰고 다니는 슈퍼스타.

 "이번 단독콘서트도 티켓팅 1분 컷이었어요. 뭐, 서버가 다운된 건 말할 것도 없고요."

 "소속사 말로는 유유가 패션에도 관심이 있어서, 세계적으로 유명한 브랜드 회사들이 계속 러브 콜을 보내고 있다더군요."

 "소속사가 일을 잘했지. 급 높이려고 행사도 안 뛰잖아요."

"그래도 기업 행사는 뛰더만. S사 창립일에 8천 받았다면서요?"

"그 정도는 받지. 듣보잡도 대학 행사 한 번에 우리 한 달 월급인데. 제가 아는 어떤 아이돌은 말이에요, 데뷔하고 나서 전국 팔도 안 돌아본 곳이 없어요. 삼일장, 오일장, 주말장, 별의별 장소를 다 돌아다니고 1년 만에 무대 내려왔거든요? 그래서 지금 뭐 하는지 아세요?"

"뭐 하는데요?"

"공인중개사 하고 있어요."

[비하인드 Scene]

─아들, 사인 열 장만 부탁해!

"아, 무슨 사인이야. 바쁜데."

─옆집에서도 우리 아들 사인 받고 싶다고 하고, 미용실에서도 부탁하고, 고깃집 박 사장님 알지? 거기서는 아주 벽에 걸어놓는다잖아. 좀 부탁해, 아들.

"에효, 알았어. 내가 매니저 시켜서 보낼게."

─고마워, 아들!

귀찮은 티 꽉꽉 내면서 송연우가 전화를 끊었다. 사인을 배달해 줄 그 매니저가 옆에서 가는눈을 뜨고 있다.

"뭐야, 그 시선은?"

"야, 무슨 어머니 전화를 그렇게 받냐. 그거 사인 몇 장 하는 게 뭐 힘들다고."

"아, 쪽팔리잖아. 동네방네 떠들고 있을 텐데. 겨우 단막극 하나에."

송연우가 눈을 감고 메이크업을 받는다. 매니저는 문득 코디가 부러워졌다. 자신이 코디라면 저 화장품 스펀지로 송연우의 얼굴을 인정사정없이 두들길 텐데.

"어머니가 자식 잘되니까 기분 좋아서 그러시는 거지. 지난번에 뵀을 때 너 이제 사람 구실 할 수 있겠다고, 나한테 잘 부탁한다고 내 손 꼭 잡고 신신당부하시더라."

"신파 찍냐? 우정의 무대야 뭐야?"

"아이고, 내가 그래서 결혼을 못 해. 너 같은 아들 낳을까 봐."

"형 닮은 아들보다는 나 닮은 아들이 백번 낫지 않을까?"

매니저의 잔소리에 송연우가 인중을 길게 늘어뜨린다. 원숭이 뺨 때리고 갈 저 얄미운 모습이 평소라면 지독히도 싫겠지만, 그래도 시청률이 잘 나온 탓일까. 그나마 송연우가 이제 좀 제 배우 같다고 느끼는 매니저였다.

"윤소림 쪽은 왜 저렇게 시끄러워?"

옆 대기실이 아주 시장판이다.

잔망스러운 여자들 웃음소리가 도통 귀에 거슬려야 말이지.

"저 팀은 사이가 좋네."

"우리보다 작지?"

퓨처엔터 전 직원이 열 명이 채 안 된다던데.

"작긴 한데, 이번에 하는 거 보니까 명불허전이다."

"명불허전?"

송연우는 실눈을 떴다. 거울에 매니저의 모습이 비친다.

"야, 윤소림 투혼 동영상이 괜히 이슈인지 아냐?"

"인터넷에서 난리니까 이슈지. 네티즌들 그게 뭐 대단하다고 난리법석이더만."

매니저가 픽 웃는다.

"이거 의외로 순진하네. 야, 그거 다 퓨처엔터에서 작업 친 거야. 우리도 좀 작업했지만 퓨처엔터에서 거의 주도했지."

"정말이야?"

"이게 영상 퍼 나르면서 관계자 아닌 척 글 남기는 게 포인트 거든? 이 정도면 이거 저쪽 홍보 쪽은 아주 다중인격자 사이코 패스 수준이야. 일인 백 역은 했을걸? 백 역이 뭐야."

하지만 이슈메이킹 했다는 사실을 떠나서, 현장 스태프들은 드라마의 시작부터 끝까지 최고남의 손이 뻗쳤음을 알고 있었다. 심지어 공서 조연출은 최고남이 죽은 드라마 멱살 잡고 끌고 왔다는 소리까지 할 정도이니 명불허전이라는 단어 하나가 아깝지 않을 활약이었다.

"최고남, 역시 매니저계의 전설이야."

매니저는 혀를 차며 대기실 벽을 쳐다봤다. 여자들 웃음소리가 또다시 넘어온다. 문득 또 그런 생각이 든다. 저곳은 꽃밭인데…….

여기는 몽골이구나.

『내 S급 연예인』 2권에 계속…